Author
海翔
Illustration
あるみっく
8
「じゃあ、今度海斗の」
「パーティメンバーの人達に会わせて欲しいの」
JN035064
モブから始まる
探索英雄譚
The story of an exploration hero who has worked his way up from common people

「星屑となって燃え尽きろ！
『爆滅の流星雨』」

ルシェがスキルを発動すると、
上方から巨大な火の玉が降ってきた。
ある程度範囲指定は出来ているようだけど、
逸れた火の玉がこちらへと落ちてくる。
これが文字通り流れ弾というものなのだろうけど、
これは当たると死ぬやつだ。
「みんな、逃げるぞ！」

「聞いて驚くな。これはマジックポーチより遥かにレアなマジック腹巻だ！」
「腹巻ですか？」

モブから始まる探索英雄譚8

海翔

HJ文庫
1140

口絵・本文イラスト　あるみっく

8 The story of an exploration hero who has worked his way up from common people

CONTENTS

P004　プロローグ

P008　第一章 » 不死の変態

P080　第二章 » 鬼々怪々

P242　第三章 » 運命の日

P363　エピローグ

プロローグ

今日は、お母さんに頼(たの)んでいつもより早く起こしてもらった。

眠(ねむ)いけどそんなこと言ってる場合じゃないんだ。

「いってきま～す」

朝の支度(したく)を超速(ちょうそく)で終わらせて、いつもの通学路を走って登校する。

「はぁはぁはぁ」

教室に着くと、目的の生徒を探す。

いつもより早い時間なので、教室に生徒はまばらですぐに見つけることが出来た。

いつもは緊張(きんちょう)なんかしないのに、心臓がドキドキする。

「おい、葛城(かつらぎ)ちょっといいか？」

「高木(たかぎ)君どうかしたの？」

「え～っと、聞きたいことがあるんだ」

「わたしに聞きたいこと？」

「ああ、そう。葛城のお父さんって……」

「パパがどうかした？」

よし聞くぞ。そのために今日は早起きしたんだから。

「葛城のお父さんって葛城隊長なのか？」

「え？」

「俺のお母さんが言ってたんだ。葛城のお父さんがあの葛城隊長だって」

「高木君、声が大きい……」

「ああ、ごめん。それで、本当なのか？」

「あんまり、みんなに言わないでね」

「それじゃあ、やっぱり！」

「うん」

おおおおおおおお〜！　お母さんが言ってたの本当だった。葛城のお父さんがあの葛城隊長!?　ヤバイ。ヤバすぎる。ってことは葛城隊長ってうちの近くに住んでるのか？

うおおおおお〜！

「そ、それじゃあ、葛城と一緒に住んでるんだよな」

「うん、いそがしくってあんまり家にいないけど」

それはそうだ。葛城隊長はテレビにも出てるし、なによりダンジョンを攻略してるんだから家でのんびりしてる場合じゃない。

「葛城！」

「はいっ」

「一生のお願いがあるんだ」

「一生のお願い？」

「そう、一生のお願い！」

「え〜っと、わたしにできることだったら」

「サイン」

「サイン？」

「そう、葛城隊長のサインをもらってきて欲しいんだ」

「パパのサインが欲しいの？」

「そう、葛城隊長は俺のあこがれなんだ。俺も大きくなったら絶対葛城隊長みたいになるんだ！」

「高木くんもダンジョンに行きたいの？」

「そう！　葛城隊長みたいな英雄になりたいんだ」

「パパが英雄？」

「そう！」

「おうちだと、ふつうだよ。わたしには優しいけど」

家だと優しいのか。強くて優しいってさすがは葛城隊長。本物のヒーローだ。あこがれる～。

「それで、サイン」

「うん、パパが帰ってきたら頼んでみるね」

「おおおおお～！　ありがとうな。葛城もなんか困ったことがあったら俺に言えよ。絶対だぞ」

「う、うん。高木くん声が大きい……」

第一章　不死の変態

「海斗、もう半分は超えてるみたいだし今週中に十六階層に行けそうじゃない？」

「ああ、そうだな。トラブルが無ければ行けそうな気がするな～」

ダンジョン探索はいつに無く順調に進んでいるので、この後一時間程探索してきりの良いところで切り上げた。

家に帰ると既に食事の用意は出来ていて、今日の晩ご飯は唐揚げだった。

一日ダンジョンに潜ってカロリーを消費した身体には唐揚げはぴったりで、しっかりとおかわりをしてしまった。

母さんの料理の中ではカレーに並んで上位に来る美味しさだ。

唐揚げでダンジョンで消費したカロリーを十分に補充したので明日の探索に備えて二十三時には就寝した。

「よし！　今日もやるぞ！」

朝七時に目を覚ましてから身支度をして再びダンジョンへと向かう。

「それじゃあ、今日も一日頑張ろう」

「今週は後四日連続で潜るから無理しない様に行きましょうね」

「ヒカリン体調は？」

「はい、大丈夫です。コホッ」

本人は大丈夫と言っているけど残念ながらヒカリンの風邪はまだ完全には治ってない様だし今日もペースを抑えて進む方がいいな。

ペースに気を配りながら十五階層を進み三時間三十分程で昨日のマッピングエリア迄来る事が出来た。

カメラとも何度か交戦したけど、昨日同様シルとルシェに積極的に攻撃参加させる事で問題無く進む事が出来ている。

「ここからは初めてのエリアになるから注意して行こう」

カメラとは違うモンスターが出てくる可能性もあるので注意しながら進んで行くが、全体の二分の一を越えた辺りから分岐が増えてルートの選定が難しくなってきた。

ゲームの様に俯瞰して全体を上から見られる訳ではないので、正解ルートに出るまで順番に全てのルートをあたって行くしかない。

「ご主人様、今度は二体です。この奥にいます」

「じゃあ、このままのフォーメーションで当たろうか」

シルとルシェを中衛に据えたまま進んでいくと、そこには今までに出現した事の無いモンスターが現れた。

「あれって、まさか……」

「どうしたの？　あのモンスター初めてだと思うけど何かあるの？」

「あ、ああ……」

そのモンスターを見ると急に冷汗が流れ出してきた。

「海斗どうしたんだ。おかしいぞ、調子でも悪いのか？」

「いえ、ただあのモンスターなんですけどラッターランドのお化け屋敷にいたモンスターにそっくりなんです」

「あれは恐らくアラクネだと思うが、大丈夫か？」

「お化け屋敷では、怖すぎだったんですけど、あれはダンジョンのモンスターを参考にしてたのか」

俺達の前に現れたのは、リアルホラーハウスのラスボスともいうべき蜘蛛の下半身に上半身が人間のモンスターそのものだった。

恐らく普通に出会っていればそこまで特別なモンスターでは無いのかもしれないけど、

リアルホラーハウスの印象が強く残っているせいでいつにも増してプレッシャーを感じてしまう。

プレッシャーから俺が動きを止めている間にもこちらを認識したアラクネ二体が向かってくる。ベルリアとあいりさんがすぐに飛び出して迎撃に向かうが、俺もどうにか気持ちを立て直して他のメンバーに指示を出す。

「ミク、スナッチで左側の足止めを、ヒカリンは『アースウェイブ』を右側のアラクネに頼んだ」

ヒカリンが俺の指示と同時に『アースウェイブ』を唱えるが、アラクネは八本の足ですぐ様跳躍して足下のぬかるみを回避してしまった。

速い！

下半身が蜘蛛のモンスターは思っていた以上に八本の足で俊敏に動ける様だ。

「ヒカリン、『ファイアボルト』に切り替えてくれ」

俺もあいりさんのサポートに入るべく、遅れて右側のモンスターへと駆けていくが、あいりさんは縦横無尽に移動するアラクネを捉え切れずに距離を詰め切れていない。

その状況を見た俺は走りながらナイトブリンガーの効果を発動して気配を薄める。

アラクネは二体いるので左側の個体はサーバント達に任せて俺は右側の個体に向かって

行くが、スピードと動きが八本足ならではの変則で上手く追尾出来ない。

あいりさんも同様の状況に陥っているが、突然移動を繰り返しているアラクネのお尻の部分からあいりさんに向かって何かが放出された。

「うわあっ！」

放出されたものは、そのままあいりさんに命中し、あいりさんはそのままバタッと倒れた。

何だ？

俺は後方からあいりさんの下へと急ぐ。

「あいりさん！　大丈夫ですか？」

「ああ、私のことよりアラクネを追ってくれ」

あいりさんを見ると半透明の粘着性の物が全身に付着して動けなくなっていた。

糸か！

どうやらアラクネは糸をネットの様に放出して、とりもちのようにあいりさんの動きを封じ込めてしまったみたいだ。

今の所、命を脅かすような状況では無さそうなので、糸自体に殺傷能力があるわけでは無いようだ。

ただ動きを止める為のネットの様だけど、ソロであればこれだけで詰んでしまうので戦闘時の効果は計り知れない。

長く留まると俺も糸をくらう可能性がある。その場にあいりさんを残してアラクネへと向かう。

俺は糸の攻撃を警戒して、少し距離がある状態から『ドラグナー』を放つが、信じられない事にアラクネは一気に数メートル飛び上がって避けた。

「これを避けるのか」

『ドラグナー』の一撃を完全に避けられたのはこれが初めてだけど、驚きと共に妙に納得してしまう自分がいる。

流石はリアルホラーハウスの主。

「ボンッ」

俺が妙な納得をしている間にミクの火球がアラクネの胴体を捉える。

胴体に命中した火球はアラクネの胴体に生えていた生毛の様なものに引火して、瞬時に燃え上がったものの蜘蛛の外殻を破る事は出来なかった様で、アラクネは倒れる事無くそのまま移動を続けている。

もう一体のアラクネはベルリアが既に交戦していたが、二刀のベルリアに対してアラクネは八本の足で対抗している。

強靭な八本の足は、さながら八刀流だが、ベルリアが技術で勝り押し込んでいる。

俺は自分の相手に集中し直して走る速度を上げるが、ある程度、居場所を把握されているのか、俺に向かって前方のアラクネが粘糸のネットを放出して来た。

俺自身の速度も上がっているので向かってくる糸のネットのスピードはかなりのものとなっていたが、アサシンの効果ではっきりとこちらに向かって飛んでくるのが見える。

いつもは、ほんの少しだけ相手の動きが遅く見えるだけなのに、今ははっきりとネットの動きが見えている。

アサシンの効果で動きが見えても俺の動きが速くなった訳ではないので視覚情報を元に一刻も早く身体を動かさなければならない。

ただ目の前に迫って来た糸はネット状に広がり思った以上に逃げ場が無い。

ヤバイ！

避ける為に必死に身体を反応させるが、動いたその瞬間いつもとは違う感覚に襲われた。

普段は、少しだけゆっくりだと認識できる風景の中を、同じようにゆっくりな俺が認識に追い付くため必死に動く感覚だ。

それが今は周りの景色はいつも以上にゆっくりと迫ってくる。そして俺の身体だけは、いつもと変わらない速度で動いているイメージだ。

俺だけが違う時間軸で動いている様な違和感の中、身体を動かすと、難なくアラクネの粘糸のネットを避ける事が出来た。

「なんだ今の」

一瞬の事だったけど、明らかに今の俺の移動速度は周りの時間経過よりも速かった。

いや、まだだ！

粘糸のネットをうまく躱したけどアラクネにダメージを与えた訳ではない。すぐさまバルザードを構え直して距離を詰めるべく前方へと踏み出した。

糸のネットを放出したアラクネは、その瞬間動きを止めており俺が踏み込んだ一歩分距離が詰まる。

距離が詰まった状態からバルザードを振るいアラクネの上半身に向けて斬撃を飛ばす。

この一撃でしとめられるとは思っていない。

斬撃を放ったと同時に斬撃を追うように更に前へと踏み込み、バルザードの斬撃を放つ。

「ギイィッ」

斬撃が命中してアラクネが怯んでいる間に完全に距離を詰めた。

「ドウッ！」

俺は、ほぼゼロ距離から『ドラグナー』を放つ。

一度は避けられたけど、この距離からならいくらアラクネとはいえ避けるのは不可能だ。

俺の放った銃弾は蒼い光の糸を引いてアラクネの胸の部分に命中し風穴を開ける事に成功した。

「やった」

胸に穴の空いたアラクネは、すぐにその場から消滅した。

どうにか倒せたけど思った以上に強かった。

上半身は人型なのでカメラや龍より防御力は劣っていた。だけどイレギュラーな動きを可能とする機動力という点では今まで出てきたモンスターの中でも上位に位置していると思う。

俺は目の前の敵を倒した事で少し気を緩めてしまいそうになるが、まだもう一体いる。

慌ててベルリアが相手にしていた個体に目をやる。

「え?」

俺の眼前には予想外の光景が映った。

俺の目にはアラクネの前に粘糸ネットで包まれたベルリアが倒れているのが見えた。

先程の斬り合いはベルリアが押していたはずだ。

それなのにベルリアが倒れている状況を見ると、おそらく先程見た斬り合いの最中に極至近距離(しきんきょり)から粘糸ネットをくらったのだろう。

ベルリアといえどあの斬り合いの最中に至近距離からネットをくらえば避ける事は難しいだろう。

俺はネットを放出して無防備になった所をしとめたけど、まさか戦いの最中にあのネットを放出出来るとは思わなかった。

「ミク！　ヒカリン！　ベルリアを！」

俺との距離は十メートルは離(はな)れている。すぐにベルリアの前に立つ事は出来ない。ミクとヒカリンにもサポートを頼んでベルリアに襲い掛(か)かろうとしているアラクネへと走り出した。

ミクの火球とスナッチの『ヘッジホッグ』が着弾(ちゃくだん)しベルリアを襲おうとしていたアラクネの動きを一瞬止める。

その直後にアラクネとベルリアの間に氷の柱が出現する。

ヒカリンは『ファイアボルト』では無く『アイスサークル』を選択(せんたく)した様だ。これによりベルリアを守る時間が稼(かせ)げた。

アラクネは突然現れた氷柱(つらら)をどかす為に足を使って削(けず)り取り始めるが、『アイスサークル』により出現した氷柱が一撃で壊せる訳もなく、何度も攻撃を繰り返している。

「ベルリア、無事かっ」

「マイロード申し訳ありません。この様な姿を……。この糸さえなければ私の敵ではないのですが。不覚っ」

一瞬ベルリアを安全圏に運ぼうかとも考えたけど、見るからに粘着性のある糸だ。このまま触れるとミイラ取りがミイラになりかねないと思い止まり、ベルリアの前に立ちアラクネとの交戦を選択した。

「シル、俺が退けたら雷撃で倒してくれ」

「おまかせ下さい、ご主人様」

当然俺が倒してしまえるようなら自分で倒すつもりだけど、ベルリアを守りながら戦うのはどう考えても不利だ。とにかくここから引き剥がす事を優先する。

氷を削り切って再び攻勢に出ようとするアラクネに向かいバルザードの斬撃を放つが、ジャンプして右上方に避けられた。

先程も『ドラグナー』の一撃を避けられたし想定済みだ。俺は続けて『ドラグナー』を放つ。

蒼い光の糸を引いた弾丸がアラクネの肩口を穿つ。

「キシャアアア～」

アラクネは完全に人のものとは異なる声を上げ、着地すると同時に後方へと跳ね退いた。

「蜘蛛如きがご主人様の手を煩わすものではありません。消えて無くなりなさい。『神の雷撃』」

シルの一撃でアラクネは完全に消滅した。

閃光と爆音と共に雷撃がアラクネに降り注ぎ、その瞬間勝負は決した。

「終わったな」

アラクネの消失を確認してから周囲を見回すと、依然ベルリアとあいりさんは粘糸に囚われ倒れたままだった。

どうやらモンスターが消失しても放出した粘糸は消えないらしい。

「ベルリア、あいりさん大丈夫ですか？」

「マイロード申し訳ございません」

「海斗、大丈夫は大丈夫だが自分で抜け出すのは難しい様だ」

「分かりました。助け出しますね。ミクとヒカリンはあいりさんを頼む」

俺はベルリアを助ける為に粘糸のネットを取り除くべく手を伸ばした。

「ベチャッ」

粘糸に触れると思っていた以上に粘着性が高くベトベトだ。

「う～ん」

粘糸を掴んだ俺の右手がベチャベチャして糸から離れない。

これは完全にまずいやつだ。

素手で触るとミイラ取りがミイラになる奴だ。

「海斗～。やば～い。私も身動きが取れなくなった」

ミクの声がして目をやると、そこには両手を粘糸に囚われて外れなくなり必死でもがいているミクの姿があった。

「海斗さ～ん。このままだと助けられないのです。この糸厄介すぎるのです」

どうする？　何かで切るか燃やすしかないか？

試しにライターで燃やしてみるか？

ベチャベチャしているので燃え難い気はするけど、もしも可燃性で一気に燃え上がったらヤバイか。

ベルリアの『ダークキュア』があればそれでもいけるか？

う～ん。ベルリアはそれでもいける気はするけどあいりさんは一時的だとしても火ダルマになるのはどう考えてもまずいよな。

とりあえず右手をどうにかしないといけない。俺は左手に持ったバルザードで右手についた粘糸を切り払う。

バルザードを使うと思ったよりスムーズに切り離す事が出来た。

これってもしかして魔剣との相性がいいのか？

ただバルザードの大きさでこの細い糸を綺麗に切り取るのはかなり困難だ。

糸を切り離して動けるようになった俺はミクの所まで行き、今度はミクの手に纏わりついた糸を切断して切り離した。

「助かった。まさかこんなにくっついて動かなくなるとは思わなかったわ」

「ミクってナイフ持ってたよな。試しに切り離してもらっていいか」

「やってみるわね」

バルザードは刃が大きすぎる。あいりさんまで傷つけてしまう可能性が高いので、ミクのナイフで同じ事が出来るか試してもらった。

「う～ん。ちょっと無理みたい。切れない事は無いけど、すぐベタベタして切れなくなっちゃうわ」

通常のナイフでは上手く切れないようだし、やっぱりバルザードが魔剣だからスムーズに切れたのかもしれない。

「海斗、思い切ってやってくれ。少しぐらい斬れても文句は言わないから」

あいりさんはこう言ってくれているけど、全く上手くいくイメージが湧かない。手だけならいけたけど全身は容易ではない。だけどこのままでいる事が出来ないのも間違いない事実だ。

俺は意を決してバルザードをあいりさんの方に向け糸を切り始める。

「あっ……」

正面から切り始めるのは少し勇気が必要だったので背面から切り始めたけど、すぐにあいりさんの長い黒髪が数本ハラリと落ちてしまった。

切れた。いや俺が切ってしまった。

あいりさんの黒髪が……。

出来ない。バルザードで細かい作業は無理だ。俺には出来ない。

「くっ……」

「海斗、どうしたんだ？」

「すいません、あいりさんの髪が切れました」

「〜〜〜どのくらい？」

「数本です」

「数本か……そのくらいだったら問題ない。続けてくれ」

「いえ、俺にはこれ以上は……」

まだ糸はほとんど切れていない。

今は髪の毛数本で済んでるけど、これ以上続けると悲惨な運命が待っているのが明確なビジョンとして見える。

これほど明確に未来のビジョンが見えた事は今までに無い。

これはほとんど未来予知のレベルだ。

極限に追い込まれたこの状況で未来予知という新たなスキルに覚醒したのかもしれないけど全く嬉しく無いし余裕も無い。

手で掴めば粘糸に囚われる。

バルザードで切れば、あいりさんの髪まで切れてしまう。

女性の命ともいうべき髪を切ってしまう行為。

俺にはこれ以上は無理だ。

それに髪だけでなく他の場所も傷つけてしまいそうで怖い。

最悪の状況の中で残りのメンバーにも意見を聞きたくて視線を向けるがヒカリンとミクだけでなくシルとルシェも何も言ってはくれない。

誰も妙案が浮かばないのだろう。正直手詰まりだ。

アラクネは倒したのにその後でこれ程困った事態になるとは全く予測出来なかった。

「どうしよう」

俺の呟きにも誰も答えてはくれない。

このまま置いて帰るわけにはいかないのでベルリアの方の糸は最悪の場合焼くか。

ベルリアは悪魔だから大丈夫か？

いや『ダークキュア』があるとはいえ流石にな〜。

目の前でベルリアが火ダルマになったら……。

「ベルリア」

「マイロード、どうかされましたか」

「うん何でもない」

俺には出来ない。どう考えても無理だ。

この粘糸は、ベタベタしてるけど、なんとなく燃える時は一気に燃え上がりそうな気がする。

あまりにリスキーすぎる。

「海斗、ベルリアの奴、試しに燃やしてみるか？」

「ルシェお前もか……」

「は？　どういう意味だ？　この前シルも言ってただろ。わたしは海斗の剣だからな。やる時は殺るぞ」

「いや殺らないでいいから」

ルシェも俺と同じ答えにたどり着いてしまったみたいだけど本当に殺りそうで怖い。

どうにかベルリアを燃やさずにこの事態を回避できないだろうか？

カードに戻す事も考えたけど、戻したところで糸だけが消えるとは考え難い。

いっその事このまま一階層の出口まで飛んで、他の探索者に助けてもらうか。

ベルリアを燃やすよりは遥かにいい考えに思える。

「う〜ん」

真剣に考えすぎて頭が煮詰まってしまった。煮詰まった末に閃光のように頭の中にある物が浮かんで来た。

俺にはあれがあった。いざという時のあれが。

俺のシークレットウェポンがまだ残っていた。

通常の武器がダメでもあれならいけるはずだ。

俺にとって最終兵器ともいうべきマジックシザーがあった。

「みんな、まだ手があった。ちょっと待ってて」

俺はリュックからシークレットウェポンであるマジックシザーを取り出して、試しにあいりさんに絡まっている粘糸を切ってみた。

「ジョキッ！」

「おおっ！」

気持ちの良い音と共に糸が抵抗なく切れた。

「みんな切れた！　これでいけるぞ！」

そこからの俺は速かった。

あいりさんに絡まった糸をマジックシザーで全て切り離し、その後すぐにベルリアの糸も切り離す事に成功した。

「あいりさん、よかったのです」

「心配しましたよ。あいりさん」

「ああ、助かったよ。流石に今回は燃やされるのかと焦ってしまった。次からは気をつけるようにするよ」

「ベルリアも無事でよかったな」

「マイロード、燃やされずに済んで良かったです。このベルリア炎ぐらい耐え切って見せますが、燃やされないに越した事はありませんので」

「そうだな……」

この粘糸は本当に厄介だった。今後絶対にアラクネの粘糸は食らわないように注意する必要がある。

マジックシザーが有効なのは分かったけどマジックシザーは俺の持っている一点だけだ。万が一俺が囚われてしまうと抜け出せなくなってしまう。

「みんな、やっぱりマジックシザーを一人一個買わないか？」

「う〜ん私はいいかな」

「私も海斗さんが持っているのでいいと思います」

「買っても使い道が……」

前回の根に足を取られた時といい、このマジックシザーの有用性は証明されていると思うのになぜかメンバーの反応は芳しくない。

いざという時のシークレットウェポン。そして有事の時には自分の髪のセルフカットにも使える。

いろんな物を手軽に切る事が出来るマジックシザーはやっぱり俺の一押しアイテムだ。

ただ……。

「全然取れませんね」

粘糸を切断して動けるようにはなったけど、ベトベトに糸がまとわりついていてマジックシザーをもってしても完全には取れなかった。

『ウォーターボール』

水の玉を発現させて洗ってみているけどベトベトしたのが上手く取れない。

「洗剤とかたわしとかが無いと取れなさそうですね」

「みんなの迷惑にはなりたくない。このまま探索を続けよう」

「大丈夫ですか？」

「ああ、動くのには支障ない。大丈夫だと思う」

あいりさんのたっての希望で探索を再開してみたけど、しばらく歩いてみた結果、諦めることになった。やっぱりベトベトの状態でまともに探索できるはずもなかった。

「すまないが、今日はこれで引き上げてもいいだろうか？」

「そうですね。この状態で続けるのは難しそうですね。帰りましょうか」

全身ベトベトの状態での探索は集中を欠き、動きも著しく阻害されて危ないので、少し早いけど切り上げる事にした。

ベトベトのまま戻るのは、かなり厳しいので一度十階層に戻ってからシャワーを浴びる事にした。

「ベルリアもベトベトだな。落ちそうか？」

「マイロードこの程度の事は全く問題ありません。鎧は洗えば大丈夫です」

「そうか」

久しぶりのシャワーは気持ちが良かったけど、手持ちの石鹸だけではベルリアについたネバネバを全て取り切る事は出来なかったので適当なところで我慢してもらうしかなかった。

あいりさんに至っては、ダイレクトに服がベトベトになっていたので、洗っても取れそうに無いとのことで、諦めて家に帰ってから処分するそうだ。

「あいりさん、これ使ってください」

「いいのか？　すまないな」

「気にしなくて大丈夫ですよ。昨日洗ったやつなんで汚くは無いと思います」

「ああ、ありがとう」

あいりさんにベトベトのまま帰らせるわけにはいかないので俺は自分が持ってきていたグレーのパーカーを貸す事にする。

臭いからいらないとか言われたらショックで立ち直れないので、普通に受け取ってくれて良かった。

この日は、このまま一階層へと向かい解散となったので家路についた。

半袖で帰るとまだ少し肌寒かったけど、もう少しで丁度いい季節になりそうだ。

家に帰ると夕飯は俺の好物であるカレーだった。ただいつもと違い今日は何故かジワジワカレー激辛味のルーを使用していた。頑張って完食したものの大人の味は俺の身体には合わなかったようで、食べてしばらくするとお腹が痛くなってしまった。

やはりカレーは甘口と中辛を合わせたものが一番美味しくて身体にも優しい。

激辛はダンジョン探索にも響くので勘弁してほしい。

母親にお腹が痛くなった件を伝えてみたけど、

「海斗は、まだまだお子様ね～」

の一言で笑って終わらされてしまった。

そこまで心配して欲しい訳では無いけど、少しは真剣に受け止めて欲しい。

ジワジワカレーは甘口でも普通のカレーよりはかなり辛い。それの激辛は想像を超えていた。

母親は俺が高校生になったくらいから時々こういう事をやってくる。

突然コーヒーをブラックで出して来たり、麻婆豆腐の辛さを激辛にしてみたりして俺の反応を窺ってくる。だけど未だに俺はコーヒーにミルクと砂糖を入れないと飲めないし、麻婆豆腐はピリ辛ぐらいが好みだ。

母親が言うようにまだまだお子様なのか大人の味は口には合わないらしい。

「う〜っ」

しばらく腹痛に苦しんでからこの日は早めにベッドに潜りこんだ。

次の日、腹痛は治まっていたけど、代わりに全身が筋肉痛になっていた。特に両脚の筋肉痛は酷く、ベッドから起き上がって普通に歩ける様になるためにストレッチをしないといけなかった。

「いててて」

久しぶりに重度の筋肉痛だ。

これは、もしかして昨日のあの動きのせいか?

とも思ったけど確かめようも無い。少し筋肉痛が残ったままだけどそのままダンジョンへと向かう事にした。

「海斗、パーカーは洗濯してから乾いたら返すよ。助かった」

「別にそのままで全然良かったのに。気を遣わせて逆にすいません」

「海斗さんて、結構さりげなく女の子に優しく出来ますよね」

「え？　そうかな」

「そうね。それが不思議なところよね～。彼女とは全く進展がなさそうなのに、こういう事はさらっと出来るのよね。本当に不思議だわ」

「不思議ってなんだよ。別に女の子でも男でも困ってたら普通ちょっとぐらい助けたりするだろ」

「人に何かをする余裕があったらさっさと告白して付き合えばいいのに」

「そうですよ。いっそのこと告白飛び越してちゅーとかすればいいのですよ」

「お、おい。ヒカリン、な、なにを言い出すんだ。ば、ばかな事を言うなよ」

「いや、海斗の場合案外有りかもしれないぞ」

「あいりさんもやめてください。訴えられたらどうするんですか。同級生を勘違いで襲った少年Aとか報道されそうで怖すぎますよ」

「海斗、流石にそれはないと思うから思い切っていってみなさいよ。ダメでも思いっきり殴られるぐらいだと思うわよ」

「えぇぇ……」

ミクの発言が怖い。あんまり真に受けずに今日も探索をがんばろう。

「う～ん、身体が痛いなぁ～」

「どうかしたの？」

「あ～きつい。筋肉痛だよ」

「珍しいわね」

「昨日のアラクネ戦の影響だよ」

「ふ～ん、筋肉痛だけなら、まだいいけど無理して怪我しない様に気をつけなさいよ」

「ああ、分かってる」


十五階層は、アラクネにさえ気を配っていればそれほど苦も無くマッピングを進める事が出来るようになっている。


「そういえば、そろそろボス戦の対策考えた方がいいんじゃない？」

「対策って言ってもな～、どんなのが出るか分からないし」


十五階層から各階層の終着点に階層主とでも呼ぶべきボス部屋が配置されているらしい。

まるでゲームの様な仕組みだけど、ボスモンスターの出現はランダムで自分で倒す事が出来るのは一度のみ。一度倒すと次からは出現しない。

しかも倒した事のあるパーティのメンバーが他のメンバーと組んでも出現はしない。

倒すまでは何度でも出現するけど倒せるのは一人一回のみ。

なので、裏技的に先に進みたい場合は既に倒した事のあるメンバーと組めば戦わずに先に進む事が出来る。

　俺達の場合は、少しでも霊薬ドロップの可能性を高める為にも当然倒して進む事になる。

「十六階層への階段の手前にあるのよね」

「そうらしいけど、まあ俺達はいつも通りやるしかないな。シルとルシェもいるしどうにかなると思う」

「ご主人様、モンスターです。今度は三体います」

　ミクとの雑談を切り上げてモンスターに備えて進んで行く。

「あ～遂に出てきたな。みんな粘糸だけには注意してくれ」

　目の前に現れたのはアラクネが三体。昨日よりも一体多いのでシル達にもしっかりと参戦してもらう。

「俺とあいりさんで一番右側のをやりましょう。ベルリアとヒカリンで二体の足止めをお願い。シルとルシェは狙えるタイミングで倒してくれ。ミクはフォローを頼んだ」

　前回同様俺はあいりさんと組んでアラクネに向かって行く。

　敵モンスターは昨日の個体と同じ様に縦横無尽に移動を繰り返してこちらとの距離を詰めさせてくれない。

俺は左手の理力の手袋の力でアラクネの足の一本を掴んで動きを止めようと試みるが、残念ながらあっさりと振り切られ逃れられてしまった。

やはり理力の手袋は相手の不意をつくか、もう少し動きが限定されるモンスターじゃないと有効ではないみたいだ。

あいりさんも前回の反省から無闇に距離を詰めずに中間距離を保ったまま敵の隙を窺っている。

アラクネが粘糸のネットを放出してきたのに対して先行していたあいりさんが即座に『アイアンボール』を発動して迎撃する。

ネットの中心を撃ち抜いた鉄球は、粘糸のネットを巻き込み飛んでいく。

あいりさんがアラクネ用に立てた対策がこれだ。

常に『アイアンボール』を発動出来る距離を保ち、アラクネによるネットの放出に合わせ鉄球で撃ち落とす。

思った以上に上手くいった。

俺とあいりさんはそのまま距離を詰める。

後方からミクによる火球が飛んで来てアラクネの動きを阻害したのにタイミングを合わせ、再度あいりさんが『アイアンボール』を放ち、俺も『ドラグナー』の引き金を引く。

アラクネも、足止めされた状態で時間差で放たれた二つの攻撃を避ける事は出来ずに両方の攻撃が直撃し、そのまま消滅した。

残りの二体に目をやるが、ベルリアも今度は上手く立ち回った様で、ネットに囚われる事無くしっかりと役目を果たし、相対したアラクネはルシェの獄炎で焼かれて消滅していた。

最後の一体も、ヒカリンが『ファイアボルト』と『アイスサークル』で足止めし、シルが狙いすました『神の雷撃』を放ち一瞬で消滅してしまった。

「今回は上手くいったな。誰も粘糸をくらわなかったし完勝だったんじゃないですか」

「そうだな。粘糸は前回で懲りたから、上手くいってよかったよ」

対策が功を奏して、アラクネ三体も問題無く退ける事が出来た。

この調子であれば注意を怠らなければ今後アラクネも問題ないだろう。

どうやら、ようやく俺はリアルホラーハウスの呪縛から解放されそうだ。

§

順調に探索を進めた俺たちは金曜日となった今日、遂に十五階層の最奥までたどり着く事が出来た。

かなり短期間での到着だけど、やはりレイドバトルで三分の一付近まで連れて行ってもらったのが大きかった。

「あの扉がそうだよな」

「まず間違いないと思う」

「よし、じゃあ危なくなったら即撤退！」

「海斗さん、最初から弱腰すぎませんか？」

「いや、ここまで来たら焦る必要もないし危なかったら即逃げよう。ポーションもすぐ出せる場所に準備しとこう」

「まあ、慎重に越した事はないな」

眼前には隠し扉とほぼ同じ大きさの扉が出現しているので、俺は扉に手をかけ一気に押し開く。

「あれ……？」

隠し扉の時と同じ様に開かない。

これはあの時と同じ様に押す力が足りないのだろう。

「ベルリア手伝ってくれ。同時に押し込むぞ」

「マイロードお任せください」

今度はベルリアと二人で全力で押し込んでみたがびくともしない。

「だめだ……みんなも手伝ってもらえるかな」

今度はパーティメンバー全員で押し込んだが全く動かない。

「ふ～っ。全然動かない。どうなってるんだ？　この人数で動かないとなると何か開くのに条件があるのか？　呪文が必要とか？」

「そんな呪文のヒントとかなかったわよ」

「俺達のレベル不足か？」

「それは無いと思うのです。シル様やルシェ様もいますし私達が十五階層の探索者たちの中で平均以下とは思えないのです」

「そうだよな～」

行き詰まってしまった。

どう押してもだめだ。押してだめなら引いてみるか。

「よし全員で引いてみようか」

「でもこの扉引ける様な持ち手がないんだけど」

確かに扉には鍵穴も持ち手も何も無い。

持ち手のない状態でこの重そうな扉を引けるとは到底思えない。

「スライドドア……ではないのでしょうか？」

「スライド？」

前回がスライドドアではなかったので頭の中から除外していたけど、それって有り得るのか？

「それじゃあみんなで横にスライドしてみようか」

俺達は全員で扉に手をつけて一気に横方向へ力を入れてみた。

その瞬間あれほど力を込めても一切動かなかった扉が何の抵抗も無くス～ッと横方向に動いて開いた。

「本当にスライドだったのか。これ造った人は性格が悪いな」

「多分造ったのは人ではないと思うのです」

「ヒカリン……例えだよ」

「そうなのですか」

「そうだよ」

「二人ともしっかりして。これからボス戦なのよ。緊張感が無さすぎるんじゃない？」

このやり取り俺は何も悪くないと思うんだけど。

気を取り直して開いた扉の中を覗くと、奥の椅子にボスっぽいのが座っている。

十五階層のボスなのでドラゴンや大型のアラクネを想定していたけど、椅子に座っているのは人型のモンスターだ。

「人間？」

「マイロード、人間ではありません。あれはモンスターです」

座っているので背の高さは分からないけど、見る限り普通の人間に見える。

黒髪に白い肌で西洋紳士風の出で立ちの男性がそこに座っていた。

俺達は警戒しながら部屋の中に入って行く。

「やあ、やあ、可愛い女の子達がやって来たね。ビューティフォ〜〜」

「は？」

座っている男が突然話しかけて来た。

可愛い女の子？

おまけにビューティフォ〜〜!?

「僕は運が良い。こんなに可愛い女の子達の血を吸えるなんてファンタスティック！」

なんだ？　ファンタスティック？

こいつ頭大丈夫なのか？

「さあ、こっちにおいでマドモワゼル。さあカモ～ン」

ヤバイ意味不明だ。

だめだこいつ。完全にダメな奴だ。

「海斗、こいつ焼いて良いか？　気持ち悪い。同じ空気を吸いたくない。肺が腐る」

「その気持ちはよくわかる。よし焼いていいぞ」

「死んであの世でその軽口を後悔しろ気持ち悪い！　『破滅の獄炎』」

座ったままの男に向かってルシェが『破滅の獄炎』を放ち、敵は一瞬で炎に包まれた。

直撃。

なんて馬鹿な奴……。

本当にこれがボスモンスターだったのか？

「ウグゥウアアア～。熱い、熱すぎる。君のハートが熱すぎる～」

なんなんだこいつは？

ルシェの獄炎をくらい燃えながらおかしな事を口走っているけど、魔法耐性が高いのか一気に灰にはならず、徐々にその身を焦がしている。

「君のハート……は……受け取った。まって…いて………くれ。すぐに………」

男は再び意味不明な事を口走りながら完全に燃え尽きた。

「終わった……のか？　なあ、これって一体何のモンスターだったんだ？」

「変態？」

「鳥肌が立ったのです」

「気持ち悪い」

「だけど普通に喋ってたし、モンスターには見えなかったな。もしかして悪魔だったのか？」

「失礼な！　あんな変態が悪魔なわけないだろ。悪魔をバカにしてるのか！」

人型の敵で一番近しいのはおっさんの時のベルリアだった気がするけど確かに角はなかったな。

まあ、あれが何だったのかは分からないけど、もう燃え尽きたのだから今更考えても仕方が無い。

まだ時間はあるし、あっさり終わったので十六階層を少し探索してみようかな。

「それじゃあ、ドロップを回収して先に進もうか」

「海斗、おかしいわよ。何も残されてないわ」

ミクに言われ椅子の周囲を確認してみるが確かに何も残されていない。

どういう事だ？　確かに倒したのに何も残されていない。

もしかして階層主は何もドロップしないのか？

「待たせてしまったね～。君のハートが熱すぎて燃えてしまったよ、マイハニー。君の気持ちはしっかりと受け取ったよ。はっは～」

「なっ……」

どういう事だ？　燃え尽きたはずの変態野郎が復活している。

幻術か何かか？

いやでも、先程までと違い見た目が変わっている。

恐らく燃えてしまったからだと思うけど、最初に身に着けていた着衣がなくなり、今はパンツ一枚の姿になっている。

パンツ一枚でも穿いていてくれて助かるけど、他の着衣と違い逆になぜパンツは燃えて無くなっていないのだろう？

もしかしてあのパンツは特殊アイテムなのか？

「海斗さん。私あれ……無理なのです」

「ああ、分かるよ。俺でもギリギリだから」

「ああっ、お嬢さん達の視線を感じるよ～。私のこのパーフェクトバディにメロメロだね～。早く君たちの血を吸ってあげるよ～。すぐに僕の愛の奴隷にしてあげる。順番だから心配無用だよ～」

「いや、それは普通に無理だろ」

あまりにイカれた内容に柄にも無く突っ込んでしまった。

「何だい君は？　ハニー達の影に隠れて見えていなかったよ。目立たない顔立ちに黒い出で立ち。わかったぞ君は隠キャの厨二患者だな。所謂変態だろう」

「お前にだけは言われたく無い。変態はお前だろ。そもそもお前は何者なんだ？」

「僕かい？　僕は愛の使徒だよ！」

「……もういい。聞いた俺がバカだった。消えてくれシル頼んだ」

「その言葉お待ちしていました。ご主人様を愚弄するその口をこれ以上開かせるわけにはいきません。今すぐ消えなさい『神の雷撃』」

俺の為に怒ってくれているのか、シルの雷撃がいつも以上に激しい気がする。怒りの一撃が炸裂し変態野郎を葬り去る事が出来た。

「一体あの変態は何だったんだ？　何でルシェの獄炎から復活出来たんだ？」

「今までで一番インパクトがある敵だったかも知れない。父以外のパンツ姿を見たのはこれが初めてだ」

「そうですか。でもさっきのはカウントに入れなくていいと思いますよ。突発的な事故にあったようなものですよ」

「海斗さん。あれはハイレグと言うのでしょうか？」

「あ～所謂ブーメランパンツって奴じゃないかな」

「海斗さんもあんなの穿いてるのですか？」

「いやいや、俺はあんなの穿いた事ないよ。俺はボクサーブリーフ派だから」

「ボクサーブリーフですか」

「あ～。俺のパンツはどうでもいいから。もう気にしないでよ」

俺もさっきのは見たく無かった。真っ白い肌のマッチョに赤のブーメランパンツ……。

悪夢に出て来そうな程インパクトがあった。

あまりのインパクトに普通にパンツの趣向をサラッと女性陣に話してしまった。

男の俺でこれ程のダメージがあるのだから彼女達へのダメージは計り知れない。

ある意味すごい精神攻撃だった。

因みに今日の俺は蒼色のボクサーブリーフだ。

「マイハニー、君の気持ちも受け取ったよ。僕の体には電撃が走った様だ。これ程までに衝撃的な出会いがあるだろうか。ああっこれがデスティニー」

なんなんだこいつは？

何でまだいるんだ。

ルシェに灰にされシルにも消された筈なのにまたブーメランパンツ姿で変な事を口にしている。

「シル、間違いなく命中したよな。何で消えてないんだ」

「はい、間違い無く一度消えました。消えて再生した様に見えます」

「一瞬でか？　ミノタウロスみたいに少しずつ再生する感じじゃないけど」

「恐らくですが、あれはヴァンパイアだと思います。ヴァンパイアの不死性だと思われます」

「あれがヴァンパイア？　確かに蒼白いけど、マッチョでブーメランパンツ？　イメージと違いすぎるんだけど」

「それは個体差があるのではないでしょうか」

こいつが、あの超メジャーモンスターのヴァンパイア？

ヴァンパイアはもっとダークでスマートなイメージだったんだけど、こいつはそんな俺の持つイメージを完全に破壊してくれている。

ひとまずこの異様ともいえる風貌は措いておいても、こいつはどうやったら倒せるんだ？

シルとルシェの一撃がダメだとなると炎と雷では倒せないということか。

ヴァンパイアといえばニンニク、十字架、銀の武器か。残念ながら今の俺は全て持っていない。

とりあえず可能性がある事からやってみるしかない。

「ねえ海斗、それって何？」

「何って十字架のイメージなんだけど」

俺は両腕を上げて有名な豪華客船の映画をイメージして十字架を全身を使って体現してみた。

「特に効果は無さそうね」

「……そうだね」

妙案だと思った自分が恥ずかしい。

「お嬢様方、お待たせしたね。それで……は、う」

再び口を開いたヴァンパイアが何か言葉を発しようとした瞬間にあいりさんが『アイアンボール』を発動して鉄球がブーメランパンツの大事な所にめり込んだ。

おおぅ。

自分の事では無いのに見た瞬間、俺の大事な所が縮み上がって文字通り背筋が凍りついてしまった。

　鉄の玉が金の玉に……。

　あんな格好をしている奴が悪いが、あれは……死ぬ……な。

　目の前にはヴァンパイアが悶絶して倒れている。

「グゥうううう～ふぅううう～」

　痛そうだ。間違い無くあれは、あれがクラッシュした。

　俺は追撃をかける事も忘れてヴァンパイアの様子を見守ってしまう。

「そ、そこの…お、お嬢さん。こ、こんなに強烈な愛の告白は、初めてだよ。し、死にそうな程のラブだ……」

　この状況でもキャラブレしないヴァンパイアにある種の畏敬の念さえ覚えてしまう。

「気持ち悪い。お前のような変態が愛を語るな！『アイアンボール』」

「グフォオオオオウ」

　余程気持ち悪かったのかあいりさんが問答無用で追撃の『アイアンボール』を発動し、狙いすまされた鉄球が再びブーメランパンツの大事な所に突き刺さった。

　これは……もうダメなんじゃ無いか？　流石に再起不能だろう。

「お、お嬢さん。なんて情熱的なんだ……。私の魂にまで君のラブが……刻まれる。バイブレーション〜」

「無理！　『アイアンボール』」

「グ…………………フフォ」

今度はダメージが抜ける間も与えずに三発目の鉄球がめり込んだ。

あいりさんが怖い……。

あいりさんは絶対に怒らせてはいけない。

あいりさんの機嫌を損なってはいけない。

容赦がない。

これ程慈悲の無い攻撃は見たことがないかも知れない。

目の前に広がっている地獄絵図に足腰が砕けそうになるのを気力を奮い立たせ必死で耐える。

俺は目の前の地獄から目を背ける様にベルリアに目をやるが、普段冷静を装っている士爵級悪魔はいつに無く顔色が悪く目も虚ろに見える。

やはり悪魔でもこの攻撃は恐怖の対象なんだな。

悪魔をも震え上がらせるあいりさんが怖すぎる。

「き、君の愛が、お、重い。そ、そろそろ、やめて、くれないかハニー。マイソウルがブレイクしてしまいそうだ」

鉄球を三度くらい遂にヴァンパイアが弱音を吐いた。

「無理！『アイアンボール』」

「ハ…………………ッ」

むしろあれを三発もくらいながらも正常でいられる事が異常なのかも知れないが、あいりさんが問答無用で四発目のアイアンボールをピンポイントで炸裂させた。

あれでは再生したとしても……。

その惨状を前に戦闘中にも拘わらず、俺の身体からは冷たい汗が止まらない。

「フゥ、フゥ、フゥ。止めろと言っているだろうが、このクソガキが～！　俺様の大事なところに何を晒すんじゃボケ～！　干物にすんぞコラ！」

あ……切れた。

四度の鉄球をくらって遂に切れた。

仏の顔も三度までと言うが、どうやらヴァンパイアの顔も三度までだったらしい。

先程迄のエセ紳士の様な口調は消え去り、ガラの悪い話し方に変わってしまっているけど、恐らくこちらが本性なのだろう。

「変態が切れましたね。切れても変態は変態なのです。『ファイアボルト』」

今度はヒカリンが魔法を放ち、寸分違わず鉄球が命中したのと同じ場所を捉えた。

「フォ…………………アアアアア」

あぁ……大事な所が燃えている……。

それにしても凄い再生力だな。もしかしてメンタルも再生してるのか？

「なあ、シル、精神攻撃にはなってると思うんだけど倒せてはないよな。あれってどうやったら倒せるんだ？」

「全く攻撃してこないので攻撃力は分かりませんが、再生力だけならかなり上位の能力の様です。倒す方法は三つでしょうか。一つ目はこの攻撃を続けて精神崩壊に導く方法です」

「あ、あぁ。それだと消滅する？」

「戦闘不能にはなると思いますが消滅はしないかもしれません。二つ目は消滅させ続ける事です。あれだけの再生能力です。ＭＰの使用なりなんらかの代償が必要のはずです。消滅を続ければいずれ再生不能になると思います」

「確かにあれだけの再生能力を使い続ける事は出来ないよな」

「最後は再生不能な程の一撃を与える事です」

「再生不能な程の一撃か……」

再生不能な程の一撃。シルの雷撃とルシェの極炎でもダメとなるとあれしか無いけど……。

あれは最後の手段だ。

「クソガキ！　ふ、ふざけるな～。殺す。搾り取って殺してやる！　干からびるまで吸い取ってやる！　ここまで来やがれ！」

「嫌なのです。『ファイアボルト』」

「オッ…………ア」

またも大事な所が燃え上がり、だんだん何を言っているのかもよく分からなくなってきたけどあのブーメランパンツ凄いな。燃えようが破れようが完全に再生している。あれ程の再生が付与されたアイテムなんかそうそう無いだろう。間違い無くレアアイテムだ。

ただ、間違ってもあれがドロップして欲しくはない。

もしあれがドロップしたら放置決定だな。

いくら高性能のパンツでもあいつのお下がりのパンツを触るのは嫌だし、俺にはあれを穿く勇気はない。

きっとみんなも同意見に違いない。

「クソ、い、いや、お嬢さん。もう、やめてくれないか、これ以上は、もう……本当にマイリアルソウルがバーニングしてしまう」

「無理なのです。『ファイアボルト』」

「な……………っ」

やっぱり女の子は生理的に受け付けないんだろうな。

気持ちはよく分かる。

パンツがドロップしても絶対に誰も触らないだろうな。

ベルリアだったらいけるか？

いや、でもサイズが合わないだろうな。

マジックアイテムっぽいし、もしかして自動サイズ補正機能とかついていればベルリアに穿かせるのもありか？

「お、お嬢さん、いやお嬢様。もう、や、やめて下さい。お、お願いだ。いや、お願いします」

あ……遂に心が折れたか。

「無理、気持ちが悪いのです。『ファイアボルト』」

「ヒ…………ァ」

ヒカリンも容赦がない。

ヒカリンが怖い。

ヒカリンを怒らせてはいけない。

気持ち悪いのダメ。

俺は気持ち悪くないよな。

大丈夫だよな。

「もう、やめて……やめてください。お願いします。もう無理…です」

このヴァンパイア、最初はエセ紳士を気取っていたが今はもうその面影は全くない。

不滅とも思える超回復を見せる度に、あいりさんとヒカリンから特定部位への攻撃を繰り返され、完全に心が折れたらしい。

心が折れても、変わらず気持ち悪いので攻撃の手が止まる事は無く、無限ループともいうべき地獄に足を突っ込んでいる。

「どうする？　何かかわいそうになってきたんだけど」

「かわいそうというか気持ち悪いのです」

「既にあの見た目が犯罪級だろう」

「ミクは？」

「無理！」

まあ、かわいそうだけど敵だしな〜。女性にはこの痛みは理解してもらえないだろうしな〜。

「そ、そこのお坊ちゃん。いや旦那様、ご、ご慈悲を〜」

旦那様って俺？　ついさっき変態呼ばわりされたばっかりだと思うけど……。

「こう言ってるし許してやる？」

「無理です」

「倒さなければドロップがないだろう。それに十六階層に行けないぞ」

「許してもいい事ないわよ」

そうだよな〜。男として少し同情してしまったが、こいつは敵だ！　やっぱり倒すしかないな。

「クソガキどもが、油断しやがって！　死ね死ね死ね〜」

『アイアンボール』

『ファイアボルト』

「ハ…………キュ…………ン」

あ〜やっぱりモンスターはどこまでいってもモンスターだな。

鉄球と炎雷の二段攻撃。痛そうだ。

「そろそろ終わりにしようと思うんだけど、どうする？」

「爆破してみるのです」

「やってみる？」

痛みに苦しんで完全に動きが止まっている相手に対してヒカリンが融合魔法を放つ。

『ウォーターキューブ』　『ファイアボルト』

『ファイアボルト』の着弾と共に爆発が起こり敵は完全に消滅した。

どうだ？　これでいけたか？

しばらく様子を見ていると二分ほど経過した段階でまた現れてしまった。

「容赦がなさすぎるだろう。お前らは悪魔か！　悪魔の使徒なのか」

ルシェがいてベルリアもいるのであながち間違いではないけど、変態ヴァンパイアはヒカリンの融合魔法でも完全消滅に至る事は無かった。ただ精神的にはかなり追い詰めているように見える。

「ヒカリン『アイスサークル』で氷漬けにしてみて」

「わかりました。『アイスサークル』」

よれよれのヴァンパイアはあっさりと氷漬けとなった。

俺はバルザードに切断のイメージをのせ敵の首を落とした。

これでどうだ？　魔法がダメなら剣で首を落としてみたけど効いたか？

俺達は『アイスサークル』の効果が切れるまでその場でヴァンパイアの様子を観察してみた。

しばらくすると氷が消え首が落ちた状態のヴァンパイアが横たわっている。

今のところ動き出す様子はない。やったか？

そう思って観察を続けていると、突然地面に落ちたヴァンパイアの頭が動き始めて、そのまま首の位置まで戻り修復してしまった。

「やっぱりしぶといな。ヒカリンとりあえず定期的に『ファイアボルト』を頼む」

『ファイアボルト』を局所に打ち込み続ける限りこちらの負けは無いけど、ヒカリンのMPもいつかは尽きてしまう。

あいつの精神崩壊と競争するのもいいかもしれないけど、精神が崩壊したところで倒した事にならなければ何の意味もない。

「シル、ルシェ、二人で同時攻撃をかけるぞ！」

「ご主人様お任せください」

「さすがに鬱陶しくなってたところだ。まかせろ」

そう言うと二人は即座に攻撃を開始し、動きの止まったヴァンパイアに同時攻撃を仕掛けた。

「あまりに見苦しいですね。もう消えてしまってください。『神の雷撃』」

「変態野郎が気持ち悪いんだよ。早く目の前からいなくなれ！　『破滅の獄炎』」

二人の攻撃が同時に発動し爆音と閃光と共にヴァンパイアに向けて降り注いだ。

流石にこの攻撃は効いたんじゃないか？

この変態とはお別れしてさっさと十六階層に行きたいという想いと共に俺達は全員で攻撃の跡を注視した。

粉塵が収まってきたが勿論ヴァンパイアの姿は無い。

さっきは二分程で突然復活したが、今回はどうだろうか。

それからメンバーと雑談しながら様子を確認していたが、二分経過してもヴァンパイアは現れる様子は無い。

「復活する様子はないな。倒したんじゃないか？」

「そうね。でもやっぱりドロップが何もないのよね」

言われてみると確かにここに至っても何もドロップした様子は無い。

という事はまだ倒し切れていないという事だろうか？

それから更に五分程待ってみたが何の変化も無い。

「やっぱりこれで終わりなんじゃないか？」

「そうね。微妙だけど終わったのかしら」

「許さん。殺す。吸い尽くす。死ね。今すぐ死ね」

これで終わりかと思い始めたところだったけど、やっぱり消滅しきってなかったのか。

シルとルシェの同時攻撃でもダメなのか。

まさか本当に不死身？

「人間如きが調子に乗りやがって。崇高なる種族の私に向かって舐めるな！」

「いや、攻撃したのは神と上位悪魔だからお前よりも崇高だと思うけど」

また柄にも無く突っ込んでしまった。

どうもこのヴァンパイアには自分のペースを乱されてしまう。冷静にならないといけないけど、キャラが濃すぎて思わず声が出てしまった。

『ファイアボルト』

「…………へ…………ア」

これでまたしばらくの間は大人しくなっているだろう。

「このままだと倒せそうに無いし、どうしようか。一旦撤退するのもありだと思うんだけど」

「おい、海斗。分かってて言ってるよな。逃げんな！　このまま撤退とかありえないだろ！

あんな変態消すしかないだろ！」

「あ～」

「さっさとやれよ。秒で片をつけてやるから。ほら」

「…………」

「ほら早く。炎が消えるぞ。急げよ」

「本当にやるのか？」

「当たり前だろ、やるに決まってるだろ。バカなのか？」

「…………分かった。約束しろ。倒したら即解除だ」

「分かってるって。大丈夫、大丈夫」

「本当だな。約束だぞ。倒したら即解除な」

「ああ約束だ」

「絶対だぞ！」

「まかせろって」

「分かった。は～っ、心配性だな。やるぞ。いいか？『暴食の美姫』」

本当は使いたくなかった。これを使わずに倒したかった。

俺の命が吸い取られる。この感覚久しぶりだけど、やっぱり気持ち悪い。

「ううっ…………うぇっ」

「あ〜久しぶりだな〜。やっぱりこの姿が良いな、そう思うだろ海斗」

「ど、どうでもいい」

「どうでもいい？　海斗舐めてるのか？　どうでもいいわけないだろ。ほら褒めてくれていいんだぞ。綺麗だとか可愛いとか惚れたとか見惚れたとかあるだろ」

「ルシェ…………そんな余裕はない。早く倒してくれ、約束だろ」

「おいおい、それは違うだろ。約束は早く倒すんじゃなくて倒したら早く解除する事だろ」

「うぅ……同じ事だろ。ふざけるな」

「ふざけてなんかないぞ。約束は守るって。海斗が死ぬギリギリ手前で倒してから即解除してやるよ。ふふっ」

「なっ」

ルシェにやられた。確かに言っている事は間違いではない。俺が勘違いしただけだ。だけど普通に考えてそれはないだろ。ルシェが普通なはずはないけど。

「うぇっ……早く倒さないと攻撃して来るだろ！」

「大丈夫だって。なあ、ヒカリン、あいり」

「はい勿論大丈夫なのです。ルシェ様」

「MPの続く限り『アイアンボール』を叩き込んでやります。お任せくださいルシェ様」

この二人は何を言っているんだ？　苦しんでいる俺が目に入らないのか？　まさか大きくなったルシェに魅了でもされたのか？

比較は難しいけど二度と乗りたくないと思ったヘブンズフォールラッターの八倍はきつい。

それ程までの苦痛を味わっているのに、その苦痛を長引かせる手助けをするとは……。

俺達は仲間じゃないのか。

『アイアンボール』

あいりさんが宣言通りに『アイアンボール』をブーメランパンツに叩き込んだ。

「これでまたしばらく大丈夫ですよルシェ様」

くっ…………何が大丈夫なんだ。なんにも大丈夫じゃない！　俺の状況はむしろ悪化してるんだ！

「あいり……さん」

ううっ……気持ち悪い。

「そ…そろそろいいだろ。もう死ぬ……」

「まだまだ大丈夫だろ。ふふっ」

「いやもう無理。あいつの前に俺が死ぬ」

「あと二十秒ぐらいは大丈夫だろ」

「ううっ」

やっぱり俺は『暴食の美姫』が大嫌いだ。

この三途の川がリアルに見える感覚。

気まぐれなルシェに命を握られている、このなんとも言えない不安感。

今後、もしエリアボスが現れたとしてもどうにかしてこれを使わずに終わらせたい。

ああ……俺の命が吸われていく。

人の命は軽くて儚い……。

今の俺であれば誰よりも命の尊さを語る事が出来るかもしれない。

命の語り部高木海斗か。

ふふっなんか良いかも。

ヤバイ……苦痛で思考が変になってきている。あと少しだ。しっかりしろ俺！　頑張れ俺！　正気を保て！

「クソが……なんだその姿は？　俺の贄になる為に大きく美しくなったのか？　クソにしては素晴らしい心がけだ。俺が死ぬまで吸って……」

『ファイアボルト』

「…………ア」

「どこまでも変態なのですね。ルシェ様をその様な目で見るのはやめて下さい。汚れてしまうのです。その汚らわしい目で見るだけで罪なのです。早く消滅するのです」

今の俺に変態を気遣ってやる余裕は一切無いけど、このヴァンパイア懲りないな。

階層主だけあって耐久力は群を抜いているけど、能力と中身は比例しないと言う事だろう。

あと少しで片がつく。この燃え盛るブーメランパンツを見るのもこれが最後だと思うと少しだけ名残り惜しい。余りのインパクトにこれから赤のブーメランパンツが夢に出てきそうで怖い。

「そろそろだな。ちゃんとご褒美くれよ」

「ああ」

「いっぱいくれよ」

「ああ」

「絶対だぞ」

「ああ」

「それじゃあ終わらすぞ！　手間をかけさせてくれたなこの変態！　さっさと消えてしまえ！『神滅の風塵』」

「ぐうううううあああああ～」

ブーメランパンツ姿のヴァンパイアに向けて暴力的なまでの風が凄まじいエネルギーを伴いせめぎあいながら唸りをあげ襲いかかる。一点にすべての風が集約し消え去ると同時にヴァンパイアの存在はその場から無くなっていた。

「ルシエ……はやく」

「あと十秒あるぞ」

「ぎりぎりすぎる……はやくしてくれ。死ぬ」

「ふふっ、しょうがないな。それじゃあ約束は守れよ。今回も楽しかったぞ、次も期待してるからな」

ルシエ、次は……ない。

やはりルシェは小悪魔どころじゃ無く本物の悪魔だけあってサディスティック感が半端ない。

こいつに付き合っていると身が持たない。

不吉な次回予告と共にルシェは元の姿に戻り、命を吸われる感覚も消え去った。

今回も危なかった。

ステータスを確認するとHPは9まで減っている。急いで低級ポーションを取り出して一気に呷ると幾分倦怠感が和らいできた。

ただ『暴食の美姫』の影響で完調には程遠い。

ここまでやったんだ。今度こそあのブーメランパンツを完全な消失に追いやる事ができたはずだ。

これでダメなら一旦退却する以外に方法がない。

「とんでもない奴だったな。他のパーティは一体どうやって階層主を倒してるんだ？」

「そもそもヴァンパイアが出現するとは限らないし、ヴァンパイアの場合は銀製の武器か何かを用意してるんでしょ」

「あんなのに銀製の武器ってホントに効くのかな。それにヴァンパイアってこんなに強いのか？」

「個体差はあると思うけど、強さもだけどキャラが強いわね」

「変態なのです」

「ヴァンパイア即斬」

キャラも耐久力もとんでもなく変態チックだった。

祈るような気持ちでヴァンパイアの消えた跡を見てみるとそこには今までには無かったものが落ちていた。

「嘘だろ……あ、あれって……まさか……」

地面に落ちていたそれはエリアボスがドロップするに相応しいものだった。

メンバーが望んでいたものがそこに落ちていた。

「あれって、あれよね」

「そう……だな」

「あれが、そうなのか」

「初めて見たのです」

他のメンバーもドロップしたそれに目を奪われていた。

ヴァンパイアの代わりに地面に残されていたのは、心配していた赤色のブーメランパンツでは無く、サーバント達が心から求めていた物だった。

ドロップしたのはシルとルシェが心から望んでいた赤い魔核。

「赤い魔核だな」

かなり大きい。以前手に入れたものよりかなり大きい。

もしかしたら一千万円級かも知れない。

どうする？　いや、どうすればいい？

このままあの約束は無かった事にするか？

それともこそっと普通の魔核と入れ替えるか？

「おい、海斗あれってもしかして」

ヤバイ。ルシェにバレてる。

普通に見て赤いのだから、シルとルシェにも当然赤く見えないはずは無い。

「ああ、赤い魔核……だな」

「やっぱりそうか。ついにか。わたしが倒したんだからいっぱいくれよ！」

「いや、だけど……」

「は～？　何か文句があるのか？　約束したよな」

「それは、まあ……したけど」

「じゃあ、くれるんだろ」

「いや、でもな」

「いや、でもじゃない！　くれるんだよな」

「ご主人様、私も頑張りました。お願いします」

「あ～これは、俺の一存では決められない」

俺の取り分だけ綺麗に分割する事など出来るとは思えないし失敗したら最悪消えてしまいそうだ。

しかもこのサイズの赤い魔核だ。確かに約束はしたけど、あれはあくまでも小さい小さい小指の爪の先程の赤い魔核を想定したものだった。

どう考えても特別なサイズの赤い魔核を渡す事はモブの俺には厳しい。厳しすぎる。

「話が違うぞ！」

「ご主人様、私も楽しみにしていたのですよ」

「それは………」

確かに約束は大事だけど一千万円はでかい。

他のメンバーも流石にこのサイズの赤い魔核を「はいどうぞ」とは言わないんじゃないか？

「別に私はいいですよ」

「私も何の問題もないのです。だって倒したのはルシェ様ですし」

「私も勿論異議は無い。ルシェ様のあのお姿を見られただけでもう満足だ」

「え⁉」

みんな本当にいいのか？　よく考えて見てくれ。一千万円オーバーかも知れないんだぞ。

それをペロッと一口だぞ。あっという間になくなってしまうんだぞ。一口一千万円ってそんな高額の食事なんか聞いた事が無い。

「おい、海斗。みんないいってよ。早くくれ。シルと二等分な」

「…………」

本当に？　これを売ればマジックポーチの新品が買えたりするぞ？

俺もお金にうるさい方では無いと思うけど、流石に躊躇（ちゅうちょ）してしまう。

「みんな本当にいいのか？」

「いいわよ」

「勿論なのです」

「勿論だ」

全員の許可が下りてしまった。

あ～こうなったらどうしようもない。シルとルシェから逃げられるはずも無い。

「分かったよ。二分割に綺麗に割れるかはわからないぞ。俺がバルザードで割ってみるな」

「おい、間違っても消すなよ。消したら殺すぞ！」

多分ルシェは本気だ。絶対にミスは許されない。ミスったら死ぬ。

手が震える。

異様な緊張感の中バルザードの刃を赤い魔核に当て、切断のイメージをのせて力を込める。

やった。

成し遂げた。きれいに割れ、そこにはほぼ同じ大きさの赤い魔核が二つ出来上がった。

「これで満足か？」

「ああ、それじゃあくれよ」

「ご主人様お願いします」

二人共満面の笑みを浮かべている。仕方がない。

「マイロード、私の分は……」

ベルリア、ここでか？

「おいベルリア、お前何かしたか？　少しでも役に立ったのか？」

「姫、それは……」

「一撃でもあのヴァンパイアに剣を振るったのか？　お前は騎士だろ」

「申し訳ございません」

「まあ次は頑張れよ。頑張れば分け前があるかもな」

「姫、有難き幸せ」

そう言えば以前ベルリアも少し分けて欲しいって言ってた気がするけど今回は無理だな。

ベルリア残念だが諦めてくれ。

そして次はもうない。

これでシルとルシェへの約束は果たした。

次に赤い魔核がドロップする事が有れば必ず売却する。

これはもう決定事項だ。

「ようやくだな」

「ようやくですね」

俺は渋々サーバントの二人に赤い魔核を渡す。

あれ一個で一体どれ程の贅沢ができるのだろうか。

春香へのプレゼントももっといっぱい送れるだろう。

マジックポーチが遠のいていく。

「それじゃあ頂きますね」

「じっくり味わってやるか」

見ていると二人の手から赤い魔核が吸収されていく。

「う〜ん、これです。このとろけるような豊潤な味わい。やっぱり他とは違います。うん、

「おお～。確かにシルの言ってた通りだな。普通の魔核と全く違う。魂に染みる様な味わいだな。この深みが癖になるな。魔界にもこれほどの物はないぞ」

吸収と共に二人からは称賛の言葉と幸せそうな笑顔がはじけた。

この二人のこんな表情を見るのは初めてかも知れない。

「どこまでも続く旨味と多幸感が何とも言えませんね。正に至高の逸品です」

「これを味わわずに死ぬのはバカのする事だな。美味さが爆発して全身が溶けてしまいそうになるぞ」

「そこまで美味しいのか？　この前のモンスターミートとどっちが美味しいんだ？」

「比較は難しいですが全く違う感じです。モンスターミートは舌が喜んでいる感じですが、この魔核は、身体全身に染み渡るイメージです」

「断然この魔核だな。今までで一番だぞ。次は海斗も食べてみろよ。これは人生観が変わるぞっ！」

「いや、魔核は無理。俺の歯が欠ける。それにしてもそこまでか」

「そこまでです」

「ああ、至高だな」

うん」

二人の顔が笑顔と幸福感で蕩けてしまっている。

二人の元々整った顔が笑顔により、いつも以上に輝いて見える。

なんだかんだ言いながらいつも頑張ってくれている二人がこれほど迄の笑顔を見せてくれるのなら悪くないかも知れない。

サーバントの二人は無条件に色々な物を俺に与えてくれる。

ルシェは時々俺の命を脅かすけど、たまにはお礼の意味を兼ねてこういうのも有りかな。

この二人の笑顔はプライスレスだ。

だけど悪魔であるルシェから人生観なんて言葉が出てくるとは思わなかった。ルシェは悪魔だし悪魔観が変わったのかな。

赤い魔核を吸収して幸せそうな二人の顔を見ていると俺まで幸福感に包まれてきた。

幸福感に包まれながらもう一人のサーバントに目をやると物欲しそうに二人の事を凝視していた。

その姿を見て流石に不憫に思えてしまう。今度爪の先程の極小の赤い魔核が手に入ったらベルリアにあげてもいいかな～と考えてしまった。

やっぱりベルリアも俺にとっては大事なサーバントだからな。

「美味しかったです。ご主人様ありがとうございました。大、大、大満足です」

「ああ、よかったな。他のメンバーにもお礼を言うんだぞ」

「皆さんありがとうございます。美味しくいただきました」

「シル様こちらこそありがとうございます」

「シル様の笑顔が最高でした」

「シル様の為なら何度でも」

いや、あいりさん次はないから。

「わたしも満足だぞ。シルから聞いていたがこれ程とは思わなかった」

「お前もみんなにお礼を言えよ」

「わかってるって。みんなありがと～。次も期待してるぞ」

「ルシェ様のお役に立てて私も嬉しいです」

「ルシェ様の幸せはわたしの幸せなのです」

「ルシェ様に次も赤い魔核を」

あいりさん、重ね重ね次はないです。

やはりうちのパーティメンバーはシルとルシェの信者化が進んでいる。

次手に入れた赤い魔核も無条件に二人に差し出しそうで怖い。

「それじゃあ十六階層に行ってみる？」

「結構疲れたからここで引き返してもいいと思うけど」

「一度降ってマーキングだけはしましょう」

「私も先程の戦いで『アイアンボール』の使い過ぎでもうほとんどMPが残っていないんだ」

当たり前だけどメンバーは思った以上にヴァンパイア戦で消耗したらしい。

俺自身も低級ポーションを使ってHPは回復してきたけどかなり体が重い。無理をする場面でもないので、みんなの意見を考慮して十六階層の階段を降ってからすぐに『ゲートキーパー』で一階層に引き上げる事にした。

春休みの最初の週で十五階層を攻略出来たので充分に満足出来る成果と言える。

身体は疲労しているけど明日明後日はまた春香と会えるので自然とテンションが上がってくる。

それにしても同じ赤でも魔核じゃなくてブーメランパンツがドロップしなくてよかったな。

恐らく一定の確率であれの可能性もあった気がするけどあれがドロップしても誰も幸せにならない所だった。

いや、もしかしたら防具としては優秀だったのかな。

第二章 鬼々怪々

やっぱり春香のワンピース姿は最高だ。

何度見ても本物の天使がこの地上に舞い降りたかと錯覚してしまいそうになる。

ラッターランドで乗り物は十二分に味わったので、今日は心臓にやさしい水族館に行く事にする。

勿論春香と水族館に行くのは初めてだけど魚好きの俺は行く前から密かに楽しみにしていた。

「カメラ持ってきたんだね」

「うん、折角の水族館だから写真撮りたいなと思って」

「ここの水族館、メインはマンタの群泳が見られるらしいよ。国内でこれだけの数がいるのはここだけだって」

「すごく楽しみだね」

水族館の中に入ると、思った以上に人が多い。

家族連れが多く、流石春休みといった所だろう。

「海斗(かいと)はここに来た事あるの？」

「初めてだよ」

「私も初めて。楽しみだねっ」

男だけで来る機会もなかったので、ここは初めてだけど俺(おれ)の知っている水族館よりも一つ一つの水槽(すいそう)が大きいので見やすいし迫力(はくりょく)がある。

目の前の水槽にはイワシの群れが泳いでいるが、数万匹(ひき)が一つの塊(かたまり)になって群泳する様は圧巻だ。

「すごいな」

「うん、テレビとかで見た事はあったけど迫力あるね。写真撮らなきゃ」

春香が写真を撮り終わるのを隣(となり)で待つが、魚以上に真剣(しんけん)に写真を撮る春香の姿に目を奪われてしまう。

やっぱり真剣な表情の春香は良い。

ボ～ッと見惚れているといつの間にか写真を撮り終えたらしい。

「あっちに行ってみよっ」

と声を掛(か)けてきたので移動しようとした瞬間(しゅんかん)、俺の左手を春香の右手が包み込んで来た。

えっ⁉

そのまま手を繋いだ状態で奥の水槽まで進んだけど突然の出来事に顔に血液が集中して全身が熱い。

心臓の鼓動がドクドクと激しい。

「…………………」

春香から手を繋いで来た……よな？

これは混んでるし、はぐれない為だよな。

それともラッターランドでも手を繋いだし、手を繋ぐのは普通の事なのか？

俺の頭の中を答えの出るはずの無い問い掛けがぐるぐると回っている。

ヤバイ。春香の手が柔らかくてスベスベ過ぎる。

頭に血が昇りすぎて鼻血が出そう。

「海斗、見てこれ。可愛いよ」

「ああ、これチンアナゴとニシキアナゴだよ」

「これがチンアナゴなんだ。全部同じかと思ったら確かにちょっと模様が違うね。可愛い～」

確かにチンアナゴはその独特のフォルムとサイズ感で一部の人達には人気だが、これって可愛いのか？　どうも春香の可愛いと俺の可愛いは少し違うのかもしれない。

春香は真剣な顔でカメラで連写している。

正直名前も見た目も微妙な気がするけど、周りのお客さんも口々に可愛いを連発しているので女性にはこれが可愛いのかもしれない。

チンアナゴの写真撮影が終わって次の水槽に移動しようとすると、また俺の左手が優しく春香の手で包まれた。

再び俺の全身の血が沸騰を始める。

「〰〰〰〰〰〰〰〰」

ヤバイ〰本当に鼻血が出そうだ。

照れてまともに春香を見る事が出来ない。

声をかける事も出来ない。

声をかけて変に思われるのが怖くて無言になってしまう。

もしかして春香は水族館での移動は俺と手を繋いで移動するつもりなのか。

水族館を手を繋いで廻るというのはデートでは？

これはもうデートじゃないのか？

いや、でも勘違いして調子に乗って、春香にそんなつもりじゃ無かったとか言われたら立ち直れない。

それに周りをよく見ると結構手を繋いでいる人がいる。

女の子同士でも手を繋いで見ている人たちもいるな。

やっぱり水族館は友達同士でも手を繋いで廻るところなのか？

あの女の子達は付き合ってるようには見えないので同級生か何かだろう。

もしかして春香もあの子達と同じノリなのか？

今迄女の子と水族館に来た事が無い俺には判断がつかない。

分からない。

この状況どうなんだ。

混乱の一方で春香と手を繋いでいるこの瞬間が永遠に続いて欲しいと考えてしまうバカな自分がいる。

もしかしたら今この時が俺の人生のピークかもしれない。

今死んだらこの時は永遠になるのだろうか。

水族館が楽し過ぎる。何この最高な場所。

元々魚好きなので興味はあったけど、今日の水族館の魚達は光り輝いて見える。

深海魚のチョウチンアンコウですら眩いばかりの煌めく光を放っているように見えてし

まう。

今までと同じ物を見ているはずなのに世界が昨日までとは全く違う色を帯びているように錯覚してしまう。

それは春香と一緒だから。

彼女の手が俺の手に触れているから。

緊張から手汗をかいてしまっているのがわかるけど、間違っても自分から離すことは出来ない。

「綺麗だね」

「うん」

いくつかの水槽を過ぎ俺達はクラゲの水槽の前まで来ていた。

暗くなったスペースに水槽の中から照らされた七色の光をクラゲが透過して幻想的な光景を演出している。

「よかったら、俺に写真撮らせてもらえないかな」

「うん、いいよ」

カメラの使い方は以前春香から習ったので問題無いはずだ。

カメラをクラゲに向けて画面に映る映像を確認する。

「春香何してるの？」

「クラゲを撮るのに邪魔かなと思って」

「違うよ、俺が撮りたかったのはクラゲをバックにした春香だから」

「……うん。それじゃあ、お願いするね」

再度画面を覗き込むと思った通り幻想的な空間に春香が合わさり、この世のものでは無いのかと思えるようなシーンが映り込んでいたのですぐにシャッターを切る。

ヤバイ。可愛い。本物の天使がいる。いやこのシチュエーション的に人魚姫か？

この写真どうにかもらえないだろうか。是非ともスマホの待ち受けにしたい。

この写真を待ち受けで毎日眺めていたらそれだけで幸せだろうな～。

いや、でも俺がこの写真を待ち受けにしてたら気持ち悪がられるか。

「こんな感じだけど、どうかな」

「うん、いいと思う。海斗、写真撮るの上手いよね」

「そ、そうかな。春香の教え方が上手かったんだよ」

その後も順番に水槽を見て回りメインの巨大なアクリル水槽まで進んだ。

「すごいな。マンタが何匹いるんだ？」

「二十匹よりも多い気がするけど、大きいね」

「泳ぎ方が優雅だよな～」

「こんなのに海で出会ったらびっくりしちゃうね」

「水槽越しでこの大きさだから間近で見たらびっくりするだろうな」

「海斗はスキューバダイビングとか興味ないの？」

「いや、俺泳ぐの得意じゃないからな～。でも大学生とかになったらやってみたいかもしれないな」

「じゃあ、大学生になったら一緒に行こうね」

「あ、ああ。大学生になったら」

実はダイビングへの憧れは以前から持っている。泳ぎが得意じゃないからか海の中で色とりどりの魚に囲まれるのにはすごく憧れる。

ただ春香の大学生になったらという言葉が結構刺さる。

もし春香と同じ大学に行けなかったら。そもそも大学生になれなかったら一緒にダイビングに行く事は叶わない。

誘ってくれて嬉しい気持ちと同時に、もしかしたら行けないかもという不安が襲ってくる。

こうなったら何がなんでも王華学院に受かってみせる。死んでも受かってみせる。絶対春香とスキューバダイビングに行ってやる。

春香がマンタの群れも写真に収めていたけど、水槽が大きすぎて逆に上手く撮るのが難しかったらしい。

昼食を水族館の中の軽食コーナーで済ませてから、午後からイルカショーを二人で観(み)る事になった。

イルカショーを観るのは多分小学校の時以来だったけど本当にすごかった。

スタッフの人がイルカに乗って一緒に泳いでいたのには思わずテンションが上がってしまった。だけど正直それよりも左手にずっと触れられている春香の右手が気になってしまい、ショーに集中する事が出来なかった。

その後も色々な館内イベントを観ながら夕方迄水族館にいたけど、飽(あ)きる事は全く無かった。やっぱり水族館はいいな～。

ラッターランドのように命の危険を感じる事もないし、待ち時間も無く春香と手を繋いで廻れるって最高だ。

この素晴らしい場所に必ずまた来ようと心に誓(ちか)って家路についた。

§

日曜は六人でバーベキューをする事になった。

メンバーは、俺、真司、隼人それに春香と前澤さんと同じ学校の花園さんだ。

春休み中に何度も隼人から督促のメールが届いていたので春香と前澤さんにお願いして合同バーベキューを開催する事になったのだ。

バーベキューはこの前ダンジョン用にコンロとかを買ったので俺からの提案だったけどみんな結構乗り気になってくれた。

花園さんは、前澤さんが一年生の時のクラスメイトらしいけど残念ながら俺は面識がなかった。

「なあ真司、花園さんって何組だったっけ？」

「多分三組じゃないか」

「真司は花園さんと話したことあるのか？」

「ああ、悠美と一緒にいる時に何度か話した事はあるけど」

「悠美？　真司、前澤さんの事名前で呼ぶようになったんだな。いいな〜今日は俺も頑張るぜ」

「ふ〜ん。隼人は面識あったのか？」

「いや無いけど花園さんいいな！　ありがとうな海斗。本当に恩に着るよ。俺春休み寂しかったんだよ～。海斗と真司が毎週デートしてるのに俺だけ取り残された気がして。本当にありがとう心の友よ」

隼人は変な感じに感激してくれているけど花園さんは小柄で色白、イメージで言うと小動物。白いうさぎみたいで可愛い感じの子だ。

「それじゃあ、肉とか焼いてくよ」

「うんお願いするね。海斗、私もお手伝いしようか？」

「大丈夫だから、春香は座っておいてよ」

六人いるのでどんどん焼いていこうと思う。

「話には聞いてたけど春香と高木くんは仲良しなんだね」

「え？　そうかな」

「うん、春香と悠美からは聞いてたんだけど、高木くんは学校にいる時とはイメージが違うし春香に優しいんだね」

「別にこれくらい普通だと思うけど。春香とは小学校の時からずっと同じ学校だし」

「う～んそっか～。高木くん、聞いてた通りだね」

一体俺の事をどう聞いてるんだ？　かなり気になるけど流石にこの場では聞き辛いな。

「今日は花園さんも楽しんでね。隼人〜手伝えよ。ほら花園さんにお茶入れて」

「あ〜気がつかなくてごめんね〜。いや〜花園さん、何かあったら遠慮しないで俺に言ってよ〜。それにしても今日は来てくれてありがとね〜」

仕方のない事だがやたらと隼人のテンションが高い。

空回りしなければいいけど。

「花園さんの好きな食べ物は何ですか〜？　えっ？　肉好き？　それじゃあこの肉もう焼けてるからいっぱい入れてあげるよ〜。俺？　俺も肉好きだからお揃いだね〜」

「そういえば三人共探索者やってるの？」

「そうなんだよ〜。探索者やってるよ〜。俺と真司は同じパーティなんだよ。なあ真司」

「ああ、そうだよ。俺と隼人は一度挫折して探索者辞めてたんだけど、海斗に助けてもらってまた探索者をやってるんだ。本当海斗には感謝しかないよ」

「お、おいっ。みんなの前でそんな事言うなよ。俺は何もしてないって」

「いや〜海斗には世話になりっぱなしだよ。俺らが危ない時も何度も助けてもらったし、泊まり込みで遠征行った時も海斗のおかげで助かったし。そうだよなあ真司」

「へ〜っ高木くん結構すごいんだね」

「いやいや、全然だよ。それより隼人もこう見えて結構すごいんだよ。槍使いだからね。

今はちょっとチャラいかもしれないけどダンジョンでは人が変わるし、本当はいい奴だから」

「そうなんだ」

真司も隼人も此処で俺の事を持ち上げても仕方がないだろ。

今日は隼人の日なんだから何とか隼人を盛り上げてやらないといけない。

「海斗、お肉美味しいね」

「それは良かった。前澤さんも食べてね」

「うん、しんちゃんから貰って食べてるよ」

し、しんちゃん!? 前澤さん真司の事をしんちゃんって呼んでるのか? 真司がしんちゃん!?

「前澤さんも春休みは真司と遊びに行ってるの?」

「うん、いろいろ行ってる。カフェ巡りもしてるしパスタ屋さん巡りもしたし、パンケーキ屋さん巡りもしてるよ」

「食べ物屋さん多くない?」

「うん、二人とも食べるのが好きだからね～しんちゃん」

「ああ、そうだな。いろいろ悠美と行けて俺は幸せだよ」

「も～しんちゃんたらっ、ふふっ」

これは一体何を見せられているんだ？

前澤さんってこんなキャラだったっけ。

真司も俺の知ってる真司じゃなくて完全にしんちゃんだ。

「おいおい真司、見せつけるのは遠慮してくれ。独り身の俺のハートがもたないぜ」

「別に見せつけてるわけじゃないって。悠美も機嫌いいし、このくらいいいだろ」

隼人の声は俺の心の声と完全にシンクロしていたが、この春休み二人に一体何が起こったと言うのか。

俺は不動の心で目の前で繰り広げられる異世界の情景をスルーして肉を焼いて配る。

「ほら、春香も、もっと食べてよ」

「うん、ありがとう。海斗も焼いてばっかりじゃなくて食べようよ。これでいいかな。はいど～ぞ」

「～～～～～」

「食べないの？」

「はいど～ぞ」と言いながら春香が焼いた肉を箸で取って俺の方に向けてくれている。

これって俺に食べろって事だよな。

「は、はるか」

「はい、ど～ぞ」

「うん、ありがとう」

猛烈に恥ずかしい。だけどこの状況では選択肢は一つしか無い。俺は春香が差し出してくれている肉を思い切って頬張った。

肉も熱いが顔が熱い。

「美味しい？」

「うん、美味しいよ」

本当は味が全く分からない。正直、味どころでは無い。

これは所謂「あ～ん」ではないのか？

「あ～海斗もか～。二人共俺に少しは気を遣ってくれよ。お熱いね～。ねえ花園さん」

「～～～～」

恥ずかしい……。春香も前澤さん達にあてられたのだとおもうけど、少しは俺のメンタルの事を考えて欲しい。

「それより、花園さんは探索者とか興味あるの？」

「そうでもなかったんだけど悠美から色々聞かされてるうちに気になった感じ」

「そうか～。何でも俺に聞いてよ」

「じゃあ隼人くんは、何でダンジョンに潜（もぐ）ってるの？」

「それは、そこにダンジョンがあるからさ」

「え～っと……」

「冗談（じょうだん）だよ。やっぱり楽しいしやりがいがあるし、お金も稼（かせ）げるからかな」

「お金稼げるの？」

「まあ、俺はそこまででも無いけど、それでもサラリーマンぐらいは稼げてると思う」

「そんなに？」

「本当だよ。一応体張ってるから。今度よかったら俺の奢（おご）りでカフェでも行かない？」

「あ～考えとく」


隼人も積極的に花園さんにアプローチをかけているけど、上手くいっているのか判断が難しいところだ。

俺も出来る限りのフォローをしてやりたいけど、俺一人じゃ心許（こころもと）ない。真司が異世界に行ったきり帰って来ないので強制的に呼び戻（もど）す。


「ちょっとトイレに行ってくるよ。真司も一緒に行くぞ」

「え？　あ、ああ、じゃあ俺も」

真司を異世界から現実のトイレへと引き戻す。

「真司、前澤さんとイチャイチャしすぎだろ。目的忘れてないか？　隼人のフォロー頼むぞ」

「ああ、ごめんごめん。気をつけるよ」

「それにしても名前で呼んでるし距離が一気に近づいてないか？」

「まあ、そうかな」

「春休み中に何かあったのか？」

「まあな。先週のデートでキスした」

「なっ……マジで？」

「うん、マジ」

「………マジですか。早くないですか」

「そうか？　海斗もそのぐらい春香ちゃんとしてるだろ」

「して、ない……」

「マジで？」

「うん、マジ」

「海斗、今日もあれだけ仲良くしてるのにこの春休みはどうしてたんだ？」

「週末には遊びに行ってたけど」

「それで何も無かったのか？」

「手を、手を繋いだけど」

「それだけ？」

「それだけだけど」

「マジか」

「マジ」

「そうか。海斗、告白はしたんだろうな」

「いや、まだだけど」

「マジか……。でも手は繋いだんだよな」

「うん、春香から手を……」

「そうか。じゃあ海斗、俺もフォローするから今日告白しろよ」

「は？」

「は？　じゃない。流石に春香ちゃんがかわいそうだぞ。俺も悠美と付き合い出して色々と成長しちゃったけど、海斗は奥手(おくて)すぎる。お前に付き合わされる春香ちゃんの気持ちを考えた事はあるのか？」

「いや、でも、断られたら俺再起不能になりそうなんだけど」

「は〜〜断られる訳ないだろ。今のお前達、世間では完全に付き合ってる状態だぞ。お前春香ちゃんの顔まともに見たことあるのか？　さっきだって完全に海斗の事大好きって顔してただろ」

「そうかな。嫌われてはないと思うんだけど」

「もっと自信を持て。『黒い彗星』の二つ名が泣くぞ！」

真司が今までと違う。今までも男らしい部分はあったけど前澤さんの影響なのか、生まれ変わったように男らしい。

危うく惚れてしまいそうになるけど俺には心に決めた人がいる。

それにしても『黒い彗星』はこの場では関係無いだろ。

トイレから戻ってバーベキューを再開するが、突然真司から春香に告白するように言われて、動揺してしまっている。

俺が今日春香に告白するのか？

いつかはしないといけないのは分かっているけど今日か？

「海斗、そのお肉もう焼けてると思うよ」

「あ、ああ、うん、そう」

「海斗〜何やってるんだよ。焦げてるぞ。しょうがないな〜。はいこれは花園さんの分ね」

「水谷くんありがとう」

ヤバイ。頭が告白の事でいっぱいでバーベキューどころじゃない。

告白か。何て告白すれば良い？　やっぱりストレートに付き合って下さいか？　それとももっとおしゃれな告白がいいのか？

「……ぃと、ねぇ、……ぃと、大丈夫？」

「えっ？　ああ、ごめんちょっと考え事してた」

「具合でも悪いの？　本当に大丈夫？」

「ああ、ごめん。全然大丈夫」

ダメだ。またボーっとしてしまった。今は隼人のフォローに集中しなくては。

「水谷くん達と大山くんは一緒にパーティを組んでるんだよね。メンバーに女の子とかいないの？　探索者ってパーティ内恋愛とか凄そうだけど」

「無い無い。俺達のパーティは全員男だから。パーティで男女が上手くやるなんて無理だって。そんなのは、アニメかラノベの中だけだから」

「え〜っそうなの？　本当はダンジョンで彼女作ったりしてるんじゃない？」

「本当にそんなんじゃないんだって」

花園さんも探索者に興味があるのかな。隼人と話が盛り上がっているようでよかった。

は～告白か～。

どうしようかな。

流石にみんなの前では無理だから二人にならないとな～。

どうしようかな～。

う～ん。

「俺と真司も最初は女の子達とパーティ組んだんだけど、それは酷かったよ。ほとんど召使い状態だったし。今思い出しても胃が痛くなるよ。な～真司」

「ああ、あれはきつかったな。精神的なストレスでやられそうだったから今のメンバーで助かってる」

「へ～っ。大山くんが言うなら本当なんだ。意外だね。探索者ってもっと青春してるのかと思ってた」

「花園さん、どういう事だよ。俺が言う事は全部本当だから～。信じてよ～」

「はい、はい」

「なんか俺の扱いが雑じゃない？　探索者なんてそんな甘い青春群像なんか皆無だよ。あ、でもあれだ。超絶リア充黒い彗星の件とかもあるから例外はあるな」

「おぃっ、隼人！」

「え～？　そのすごそうな名前は何？」

告白か～。

ここで振られたら俺立ち直れるかな。

三年生を春香に振られて過ごすのか～。

無理だ。

は～～。どうしようかな～。

「あ、ああっ、花園さんごめん。俺の間違い。何でもない」

「水谷くん、間違いってそんな事ある？　気になるんだけど」

「いや～。ちょっと花園さんと話すのが嬉しすぎて、舞い上がって頭がどうかしてたんだ。忘れてよ」

「そう言われると余計に気になるよ。ねえ悠美」

「うん、気になる。なんかしんちゃんも知ってるっぽいし。ねぇ、春香」

「う～んそうだね～。でも超絶リア充って私はちょっと苦手な感じの名前だけど」

春香さん僕と付き合ってください！

う～ん、なんか違うな～。

出会った時から好きでした！

いや、出会った時からではないな。

君の瞳にチェックメイト！

俺おかしくなったのかな。

うーん。どうしようかなー。

「ねぇ、しんちゃん。わたし達隠し事はしないって約束したよね」

「うん、それはまあ」

「じゃあ教えて」

「いや、それは」

「水谷くんー。何で二人でそんなに隠そうとしてるのかなー。何かやましい事とかあるの」

「いや、全くない。あるはずない。俺が花園さんにやましい事なんかあるはずない」

「それじゃあ、教えてくれる？　隼人くん」

「あ…………」

「何で二人共黙っちゃうのかなー。怪しいなー。二人がダメでも高木くんなら教えてくれるかな。ねー高木くん」

僕のハートはフォーリンラブ。

無理だな。

お買い物友達からのランクアップをお願いします。

ちょっと意味不明だ。

春香、俺の女になれよ！

気持ち悪い。これは俺が死ぬな。

「……………ね～高木くん」

ん？　なんか呼ばれたか？

またボ～ッとしてしまっていた。このままじゃまずいな。

気を取り直してバーベキューに集中だ。

「あ、ああ。ごめんボ～ッとしてた。花園さんどうかしたの？」

「高木くんは超絶リア充黒い彗星って知ってる？」

「は……え……なっ」

「どうかした？　やっぱり知ってるの？」

「い…………や……。知らない」

「その反応絶対知ってるでしょ」

何で突然超絶リア充黒い彗星の話が出てきたんだ。

探索者じゃない花園さんが知るはずのない事だよな。

じゃあ、隼人と真司か⁉

俺は咄嗟に隼人と真司に目をやるが、二人共が今までに無い程気まずそうな顔をして目を逸らした。

お前らか。お前らなのか。一体何のつもりだ。

「しら……ない……よ」

「海斗、おかしいよ。何かあるの？」

春香まで。

「い、いや……何もないよ。本当にない」

「海斗？」

春香が不安そうに俺の目を見つめて来る。俺には耐えられない。

「そ、それは……」

「海斗もやましい事があるんだ」

「そう……じゃない。けど」

うう〜っ。どうすればいいんだ。

「みんなごめん！　俺がおかしなこと言ったばかりに変な空気になっちゃって。超絶リア充黒い彗星っていうのは、最近売り出し中の探索者の二つ名なんだ。そいつが女の子とも上手くパーティ組んでるから、それで名前を出しただけなんだ。特に意味は無かったんだ。ごめんね～」

「ふ～ん。でもそれだけだったら三人の反応が変じゃない？　私達の知ってる人？」

隼人が上手くおさめてくれようとしたのに花園さん鋭（するど）すぎないか。

「い、いや～。そ、そんな事ないよ。なあ真司」

「そ、そうだよ、花園さん。花園さん達が知ってる探索者って、そんな事あるわけ」

「うん、わたしが知ってる探索者は水谷くんと大山くんと高木くんの三人だけなんだよね～」

「～～～～～」

「でも、水谷くんは自分の事語る感じじゃ無かったし～」

隼人、お前か……お前が口を滑（すべ）らしたのか。どうするんだよ。これってもうほとんどバレてるんじゃないのか。

「それはそうだよ。俺（おれ）の事じゃないし」

「じゃあ大山くんの事？」

「しんちゃん本当の事を言って。じゃないと私……」

「いや、悠美。俺じゃ……ない」

「じゃあ高木くんの事だ！」

「〜〜〜〜〜〜〜〜」

「その無言はイエスって意味？」

「い、いや、それは」

バレた。だけど別に何もやましい事は無い。名前も俺がつけた訳じゃないし。大丈夫だ。大丈夫なはずだ。

あ、あれ？　なんか急に足下が冷えてきた気がする。さっき迄春の陽気でポカポカしてたのにどうして？

「どういう事なのかな？」

春香が質問してきたので春香の方に顔を向けるが、明らかに今までとは違う。

表情はさっきと変わらないが雰囲気が明らかに違う。

これは怒っているのか？

「あ〜葛城さん。誤解がないように言っとくけど海斗は全く悪くないから。二つ名も勝手に周りがつけただけで、海斗が悪い訳じゃないから」

「隼人くん、説明してもらえるかな」

あ〜隼人。俺を庇おうとしてくれたのかもしれないけど既に俺が超絶リア充黒い彗星って認めてるじゃないか。もう誤魔化しようが無い。

「か、葛城さん。落ち着いて聞いて欲しい」

「うん」

「『黒い彗星』っていうのは海斗の探索者としての二つ名なんだ。最近海斗は探索者の中では結構名前が通って来てて二つ名で呼ばれてるんだよ。『黒い彗星』っていうのは、海斗が探索の時につけてる装備が全身黒尽くめで固めてるからそう呼ばれるようになったんだ。だから『黒い彗星』って呼ばれるのは結構すごい事なんだよ」

「ふ〜ん。『黒い彗星』って呼ばれてるのは分かったんだけど、その前の部分はどういう意味なのかな」

あれっ？　ここは……どこだ？　バーベキュー用の河川敷じゃなかったっけ。

俺はおかしくなってしまったのだろうか。今俺の目の前に雪山が見える。

俺は今雪山を登っているらしい。

段々と天候が悪化してきている気がするけど、俺って雪山なんか登れたっけ。

「カ、カツラギサン、チョウゼツって言うのはイッパイすごいっていうイミデス」

「うん、それは分かるよ。そこまではね」

「ハイ、ソウデスヨネ。シンジカワッテクレ～」

「おいっ！　隼人。俺？」

「うん、真司くんも知ってるんだよね。お願いしていいかな」

今日はしばれるな～。雪山だから当たり前だけど、このままだと凍傷になりそうだ。

雪山の空気は澄んでいる。澄んでいるけど空気が冷たい。呼吸をすると肺が凍りつきそうになってしまう。

今日は頂までたどり着く事ができるかなぁ。

「あ、ああ、あのですね、葛城さん……」

「しんちゃん！　しっかりして！　どうしたの？」

「ああ、悠美ダイジョウブダ。リアとはリアルの省略系デス」

「うん、そうだよね」

「ハイ、ソシテ充とは充実とか充実組の略デス」

「うん」

「ツマリ、スゴく、リアルが充実している『黒い彗星』というイミデス」

あ～今日はもうここまでかな～。

雪山の頂を目指していたはずなのに全く先が見えなくなってきてしまった。

ビバークしないといけないかな～。

「つまり海斗がダンジョンで凄くリアルが充実してるって事だよね」

「ハイ、ソウデス」

「充実って何が充実してるのかな」

「ソ、ソレハ」

「しんちゃん本当の事を言って」

「パ、パーティメンバーが……デス」

「それって海斗がダンジョンで女の子をって事？　海斗そうなの？」

あれ？　吹雪(ふぶき)の中誰(だれ)かに呼ばれた気がする。

春香の声だった気もするけどきっと気のせいだ。

もう今日は眠(ねむ)った方がいいかな～。

「……と、海斗！」

「え？　あれ春香？　どうしてここに？」

「海斗、説明してもらえるかな」

「え？　何を？」

「もちろんパーティメンバーについて」

「………うん」

別に隠してた訳でもないし、何もやましい事がある訳でもないので全く問題はないはずなのに、ブリザードの影響で口の中まで凍ってしまい言葉がうまく出てこない。

「葛城さん、海斗のパーティは七人と一匹のパーティなんだ」

「うん、それは海斗からも前に聞いたよ」

「それで三人は海斗のサーバントでそのうちの二人が美幼女なんだ」

「美容嬢!?」

「いやちがう。美幼女。俺達も一緒に潜った事があるけど滅茶苦茶強いんだ」

「美幼女？　ダンジョンに美幼女？　そう、それで超絶リア充なのかな」

「い、いや、そういうわけでは」

「は、はるか。別に隠してた訳じゃないんだけど、俺のパーティは女の子比率が高いんだ。でも別に何もないよ。本当に」

「海斗、女の子比率が高いってどのくらい？」

「え〜っと、俺とサーバントのベルリアとカーバンクルのスナッチ以外です」

「それって、女の子が五人もいるって事？」

「うん、まあ、そう」

「まさか全員美幼女なの？」

「三人は普通です」

「もしかしてそれで、毎日ダンジョンに潜ってたの？」

「いやいや、違うって。半年前までずっとソロだったから。ソロでも毎日潜ってたからそれは関係ない」

「三人は美人なの？」

「え？　まあ一般的にはそうかも」

「もしかして海斗のタイプだったりするの？」

今度は何だ？　雪山に突然クレバスが現れた。踏み外せば死ぬ。

「全く。そんなことあり得る訳ないだろ。タイプとかそんな風に考えた事は一度もないよ。働いた事ないけど、会社の同僚というか同志みたいな感じだよ」

「じゃあ、好きとか付き合ってるとかじゃないの？」

「そんな事はあり得ない。俺の命を賭けてもいいけど絶対にないです」

「その人たちが目的だったりは……」

「そんなバカな。だって俺がダンジョンに潜るのは春香の……葛城隊長が」

「～～～海斗」

「春香、高木くんがここまで言うって事は嘘じゃないと思うよ」

「……うん、そうだね。それじゃあ一つだけお願いがあるんだけどいいかな」

「ああ、うん、何でも言って下さい」

「じゃあ、今度海斗のパーティメンバーの人達に会わせて欲しいの」

!?　ドウシテ？？？

§

「さすが高木様のパーティですね。もう十五階層を攻略されたんですね」

「結構苦労しましたけどね。特に階層主のヴァンパイアは大変でした」

「えっ？　ヴァンパイアですか？」

「はい。何度も消滅させたんですけど銀の武器じゃないからか、その度に再生を繰り返して苦労しました」

「何度も再生ですか？」

「はい、倒しても倒しても復活してきました。パンツと一緒に」

「パンツですか？」

俺達は十五階層の攻略の報告を行う為に探索者ギルドを訪れている。

「そうです。不滅のブーメランパンツです。マジックアイテムでそういうのないですか？」

「ブーメランパンツですか？　私が知っている限りそのようなマジックアイテムは聞いた事がありません」

「そうですか。もしかしたらレアアイテムなのかもしれませんね」

やはりあの赤いブーメランパンツは普通のものではなかったみたいだ。

「高木様、そもそもなのですが十五階層の階層主としてヴァンパイアが出現したというのは聞いた事がありません。しかも通常のヴァンパイアは、確かに再生力に優れているようですが、消滅から何度も復活できる程の能力があるとは思えません。高木様のお話が本当であればヴァンパイアでも上位種だったのかもしれません」

あの変態がヴァンパイアの上位種？　確かに異様な程の再生力だったけどそうだったんだろうか？

「普通のヴァンパイアに会った事がないので判断がつかないんですけど、かなりの変態でしたよ」

「気持ち悪かったのです」

「あれが上位種ってヴァンパイアってやっぱりヤバイのね」

「それほどですか。やはり特殊個体だったのかもしれませんね。それではドロップアイテムもそれなりの物が出たのではないでしょうか？」

「ああ、一応大きめの赤い魔核が出ました」

「それはレアですね。それでは早速買取り致しましょうか？」

「ありがとうございます。でも今回は大丈夫です」

流石にサーバントが吸収してしまったとは言い辛い。

それにしてもあのヴァンパイアがイレギュラーなエンカウントだとすると、やっぱり俺のせいかな。

いや今回はどちらかというとシルとルシェの都合か？

とりあえずギルドへの報告が終わったのでダンジョンへ向かう事にする。

「……と言う訳で今週末に春香と会ってもらえないかな」

「もちろん大丈夫だけど。一度話もしてみたかったし」

「私も是非お会いしてみたいのです」

「すまない。私は今週末予定があるんだ」

「あいりさん、全然大丈夫です。俺が無理にお願いしてるだけですから」

俺は道中昨日の出来事をメンバーに伝えて春香と会ってもらえる様に頼んでみた。突然の頼みにもかかわらず二人来てくれる事になったのでありがたい限りだ。

「それにしても春香さんと会えると思うと楽しみね〜。オープンキャンパスの時は一瞬だったから」

「私は会った事がないので楽しみなのです」

「う〜ん。それが残念ながら楽しいって感じではないんだよな〜。春香がなんでか怒ってるというか、機嫌が悪い感じなんだよ。俺特に何もしてないと思うんだけど」

「今までメンバーの事は黙ってたの？」

「別に黙ってたって事はないけど、今までそんなにダンジョンの事とか話してこなかったし」

「あ〜。それでじゃない。なんで黙ってたのよ」

「いろいろあるんだって。春香にとってダンジョンは……」

「まあ、事情はよくわからないけど大丈夫でしょ」

「しっかりダンジョンでの海斗さんの事もアピールしとくので大丈夫なのです」

「助かるよ」

昨日の春香はいつもと違ってちょっと怖かったから少し心配ではあるけど、そもそも俺は何も悪い事はしていないのだから問題はないはずだ。

昨日の感じだと春香はメンバーに女の子がいる事に怒っていたと思うけど、みんな大事なメンバーだ。

しかもソロの俺に声をかけてくれたメンバーに問題があるとは全く思えない。

春香が何かしらの勘違いをしているのは間違いないと思うけど、あの場では誤解を解く事は叶わなかったし週末まで待つしか無い。それまではなんとなく胃が痛い。

「敵が出てこないな」

十六階層を進み始めてから既に二十分程が経過しているけど未だ一体の敵も出現していない。

十五階層と比較して気温や地形に大きな違いは見て取れないので比較的進み易い。

「この階層の情報って入ってるの？」

「色々当たってはみましたが、分かったのは鬼がいるという事ぐらいなのです」

「鬼？　オーガ？」

「十六階層だしオーガの上位種がいるのかもしれないわね」

最近オーガとは戦ってないけど元々オーガ自体が結構強いモンスターなので気を抜くことは出来ない。

以前も弓を使った攻撃を仕掛けて来たりしたし遠距離攻撃にも注意した方が良さそうだ。

「ご主人様、敵モンスターですが一体だけのようです。ご注意下さい」

「十六階層で初めてのモンスターだからどんなモンスターか様子を見たいな。とりあえずシルは『鉄壁の乙女』を。ルシェは待機。あいりさんとベルリアが前で俺がすぐ後ろに付きます」

初めての敵なのにシルとルシェが速攻で倒してしまうと十六階層の敵の特徴や能力が分からないので、二人は控えさせて戦いに臨む。

前方に進んでいくとすぐに敵が目に入って来た。

敵は人型だけどかなり大きい。二メートルは超えている様に見える。

「鬼だな」

「鬼ですね」

敵モンスターは一目で鬼と分かる。一本角が頭部に生えているが問題はその格好だ。

通常のオーガとは違い服を着ている。

着物？　いや浴衣か？

正直着物の種類の区別はよく分からないけどとにかく、和装っぽいのを着ている。

しかも手に持つ武器は刀だ。

その姿は侍を彷彿させるが、この風貌だしある程度以上の知能があるのは間違いなさそうだ。

「ベルリア、あいりさん、行きますよ」

俺達三人は前方の鬼に向かって駆ける。

牽制で鬼に向かってバルザードの斬撃を飛ばすが、俺が剣を振るったのに合わせるように鬼も手に持つ刀を振るって来た。

「パシュッ」

直後に聞き慣れない炸裂音がして何も起こらなかった。

何も起こらなかったが起こらなかった事が問題だ。

バルザードの飛ばした斬撃が消えてしまった？

本来であれば着弾すべき斬撃が着弾しなかった。

まさかだけど、相殺されたのか？

見えないはずの飛ぶ斬撃を刀の斬撃を飛ばして相殺したとしか思えない。

「ベルリア、あいりさん、多分あいつ斬撃を飛ばせるみたいです。注意してください。ミク、刀を振るわせるな！」

俺はベルリアとあいりさんに注意喚起をして、ミクに援護を促した。

連射の利くミクのスピットファイアは有効なはずだ。

ミクも意図を汲んでくれて、すぐに後方から火球が飛んでくる。

鬼が先程と同じように刀を振るうと火球が真っ二つに割れた。

「ジュッ」

割れた火球は勢いを削がれ左右に分かれてそのまま鬼の両肩へと命中した。

それ程ダメージがあるようには見えないけど浴衣が焦げて穴が空いているし火傷ぐらいはしたんじゃないだろうか。

それにしても俺はこれと同じ様な情景を見た事がある。

以前ベルリアが敵の火球を斬った時とほぼ同じ状態だ。

この鬼も風貌と武器を見る限り剣に自信があるのだろう。

剣に頼る脳筋は同じ行動に出て同じ結果を生むのかもしれない。

姿形こそ違えど、ベルリアと同じ匂いがする。

「ミク、効いてるぞ！　続けて頼んだ」

続けて数発の火球が鬼に向かって飛んで行く。一発目は先程と全く同じ結末を辿り、鬼にもダメージを与える事が出来た。ただ流石に学習したらしく二発目以降の火球は斬ると同時に巨体を揺らして回避していた。

四発目を回避されたタイミングでベルリアとあいりさんが間合いに入った。

二人が鬼に攻撃を仕掛ける。

ベルリアは懐に入り鬼の足を斬る為に二刀を振るい、あいりさんは一歩引いた所から頭部を狙った一撃をほぼ同時に放つが鬼は巨躯を物ともせずジャンプしてベルリアの一撃を避けると刀であいりさんの薙刀もはじき返してしまった。

まさに武芸者ばりの動きだが、まだ俺が残っている。

飛び上がった鬼に向けて『ドラグナー』による一撃を放つ。

蒼い光と共に銃弾が放たれ一直線に鬼の頭部を捉えたと思ったその瞬間、鬼が左腕で頭部をガードした。

防御した左腕を潰す事に成功したが、頭部にダメージを与える事まではできなかった。

強い。

単騎で俺達三人の攻撃を凌いだ。俺の一撃は完全に倒しにいった一撃だったのに腕一本だけで凌がれてしまった。

「ベルリア、あいりさん相手は片手だ！　このまま手数で押し切るぞ！」

先程の攻撃を凌がれたとはいえ、相手は残った右手一本しか無い。

俺達は三人で剣が四本。負けるはずがない。

体格差の一番大きいベルリアは上部からの鬼の攻撃に気を配りながら二刀で鬼の下半身を徹底して狙っていく。

あいりさんも少し引いた所から薙刀を振るうが、リーチと身長の差で薙刀による間合いのアドバンテージがほぼ無くなってしまっている。

俺もリーチの差を少しでも埋める為に魔氷剣を発動させて攻撃を振るう。

何度か鬼の攻撃を受け止めたが重い。種族と体格の差だと思うけどとにかく一撃が重い。

俺よりも技量は上。残念ながら正面から斬り結ぶのは無理だ。

ベルリアは懐に入っているのでダイレクトに打ち合っているけど、剣圧は、ほぼ互角に見える。

体格差を考えると圧倒的にベルリアのポテンシャルが上だとは思うけど、大人と子供というより熊と子供程の差があるので、ベルリアの膂力をもってしても押し切ることは出来ていない。

ベルリアを攻撃に専念させる！

「ベルリア、俺が前に立つからその間にお前がしとめろ。ずっとはもたないからな！　頼んだぞ」

「マイロードお任せください」

俺が懐に入れば身長差があるとはいえベルリアへの攻撃は防ぐ事が出来る。

その間にベルリアにしとめてもらう。

「おおおおおぉおお～」

臆病者と言われるかもしれないが流石に熊ほどある武芸者の前に立つのは勇気がいる。

雄叫びを上げ恐怖心を追い払い、二歩程の距離を詰める。たった二歩だけどこの二歩のプレッシャーが凄い。

距離を詰めると当然のように鬼が俺に向かって攻撃をかけて来た。

どう考えても片手で対応出来る剣撃ではない。初めから魔氷剣を両手で構えて攻撃を受ける。

「おあっ！」

覚悟はしていたのでどうにか初撃を耐える事が出来たけど、思った以上にきつい。

俺では撥ね除けて斬り返す力が足りない。

「ぐううう～」

一合で俺に力が足りないのを悟られたのかそのまま力業で押し込んで来た。

初撃は気合で防いだけど力比べになると、こいつに勝てるはずも無い。

『斬鉄撃』

あいりさんが必殺の一撃を繰り出し、鬼はあいりさんの一撃を受ける為に俺への圧力を弱めた。

「グヴァッ」

俺とあいりさんに気を取られた鬼の隙を見逃さなかったベルリアが『アクセルブースト』により両足を切断する事に成功した。

動きを完全に封じられた鬼に対して俺とあいりさんが同時に斬りかかり消失へと追いやる。

「かなり強かったな〜。オーガとは違う鬼みたいだったけど、ほぼ侍だったよな」

「いえ、マイロードこの程度の敵は問題ではありません」

「え〜そうか？　まあ次も頼んだぞ。でも一体であれだからな。何体も一緒に出て来たら結構きつい気がする」

「そうだな、モンスターのくせに刀を使いこなしている様にも見えたしな。私の攻撃も結構防がれたし油断は禁物だろう」

「そうですね。あいつとは極力数的優位を作った状態で戦いたいですね」

十六階層の探索は始まったばかりだけど鬼の巣食うフロアは最初から油断ならない階層だと警鐘を鳴らしている様だ。

「それにしても他のパーティはどう対処してるんだろう」

「まだ一体だから断定は出来ないが刀が武器なのであれば、距離をとって槍系もしくは遠距離から仕留めているのだろうな」

「私達は前衛の海斗とベルリアのメインウェポンが完全に近距離用だから」

「距離か〜。重ね掛けで魔氷槍にすれば間合い的にはいけると思うけど、ＭＰ的に厳しいな」

「でも身体は大柄ですし『アースウェイブ』で機動力を奪うのは有効なのではないでしょうか？」

「確かに重そうだし有効かもな。次同じのが出て来たら『アースウェイブ』を最初に頼むよ」

「わかったのです。まかせてください」

初戦から難敵だったけど、十六階層の探索は始まったばかりだ。マッピングを進めるべくどんどん進んでいく。

「海斗さん、春香さんってどんな方なのですか？」

「そうだな〜。正義感が強くて優しくて可愛くて俺のヒーローだよ」

「海斗さん、ベタ惚れなのですね」

「～～っ、ヒカリンが聞くからだろ」

「正義感が強くて優しいってちょっと海斗さんっぽいですね」

「俺⁉　俺は春香とは全然違うよ。春香のようになりたいと思ってるだけだよ」

「そうなのですね。週末楽しみですね」

「俺はあんまり楽しみではないんだけど」

「そうなのですか？　このパーティはちょっと恋バナが足りないので色々聞いてみたいのです」

「恋バナって。春香にそれを聞くつもりなのか？　変な方向に行ったらショックで倒れるかも。出来たらやめてほしいな」

「ふふっ、私達に会いたいくらいなので大丈夫じゃないですか？」

「そういうものかな。それより俺以外の三人でも恋バナとかしないのか？」

「無いですね。私はそういうのは無理ですし、ミクさんとあいりさんもそういう相手はいないようなので」

「そうなのか。三人とも凄くモテそうなのにな。ヒカリンも絶対に俺が薬を手に入れてみせるから恋愛にも積極的になってもいいと思うよ」

「流石超絶リア充は言う事が違うのです」

「ヒカリン……」

「冗談なのですよ。ありがとうございます。でもまだちょっと余裕がないのです」

「そうか」

「ご主人様、前方に敵モンスターです。今度は二体です」

今度は二体か。一体はシルかルシェにまかせるか？

その場で対策を考えていると今度は敵の方からこちらへとやって来たようで目視できる位置に敵影を確認する事が出来た。

どちらも先程の鬼と同様浴衣のようなものを着ている。一体は先程と同種のように見えるがもう一体は比較するとかなり小さく見える。

一体が大きすぎるので小さく見えるけど俺と同じぐらいの大きさだろうか？

浴衣の感じが女性物の様にも見えるので性別でいうと女なのかもしれない。

『アースウェイブ』

俺が敵を目視するのとほぼ同時に事前の打ち合わせ通りヒカリンが魔法を発動した。

狙い通り大きい方の鬼、大鬼は突然足下がぬかるんだ事に対応出来ずに足を取られている。

「もう一回なのです。『アースウェイブ』」

ヒカリンが続け様に魔法を放ち今度は小さい方の鬼、女鬼をターゲットにするが女鬼は瞬時にその場を移動して難を逃れた様だ。

動きは、かなり素早い。

「ベルリア、あいりさん、大きい方を頼みます。小さい方は俺がやります。ミク、スナッチ援護を頼んだ」

足を取られた今の状態の大鬼であればベルリアとあいりさんの二人で十分しとめられるはずだ。

逆に女鬼の方はあのスピードだ。シル達の魔法も狙いをつけ辛い。俺が対応するのが適任だろう。

俺は『アサシン』の効果にも期待して『ナイトブリンガー』を発動してから女鬼の下へと走る。

俺が駆け出したのと同時にベルリアとあいりさんも大鬼を目指して駆け出すのが見えた。

女鬼に近づいてみると大鬼に比べてかなり人に近い風貌をしている。

背丈はほぼ俺と同じぐらいで顔も角が無ければそれ程人と変わらないが目は赤い。

女鬼も俺を認識した様な動きを見せているので、完全に認識を阻害できている訳では無さそうだ。

先手必勝！

走りながらバルザードの斬撃を飛ばす。

見えない斬撃であれば必中だと思ったのに気配を感じたのか女鬼は大きく横に飛び跳ね避けられてしまった。

人型だけど気配察知に優れているのかもしれない。俺は慌てずそのまま距離を詰める。

体勢を整えた女鬼は両方の手に持つ小刀を振るってくる。

「おあっ」

振った小刀の刃から炎の刃が発生して俺の方へと飛んで来た。

小刀から炎が飛び出してくるとは考えてもなかったので、思わず声が漏れてしまった。

ただ正確に俺の位置を把握できている訳ではない様で、炎は俺の横を通り過ぎて行った。

命中はしなかったけど、油断すると危ない。

俺はそのままスピードを殺さず女鬼を目指すが、女鬼も俺の動きに同調するように後方に駆け出していく。

この女鬼はかなりのスピードだ。俺よりも速い。

俺も女鬼に向かって必死に走っているのに距離が一向に縮まらない。

『アイアンボール』

「ガアアアアアアァ〜」

あいりさんの声と共に尋常では無い叫び声が聞こえて来た。思わず声の方に目をやるが、あいりさんが動きの鈍った大鬼に向かって鉄球を放ったのが見えた。横目に見ただけなのではっきりとは見えなかったけど、恐らくあの位置はあれだ。

いくら大鬼が頑強でもヴァンパイア戦で鍛え抜かれた鉄球をあの場所にくらったら再生能力が無いモンスターは、ほぼ終了だろう。

大鬼の着ている浴衣は、ほぼ防御力はなさそうだし大鬼自身の外皮の防御力は高そうだけどあの場所の防御力が高いとは思えない。

ヴァンパイア戦は図らずも、一人の鬼を生んでしまったのかもしれない。

あの戦いは情けを知らない男系モンスターの天敵、戦いの鬼『戦鬼』を生む結果となったのかもしれない。

やはりあいりさんを怒らせてはいけない事を再認識させられた。

大鬼の消滅を確信したので気を取り直し再び女鬼を追う。

一向に距離が詰まらないので理力の手袋の力を使い前方を走る女鬼の足首を思いっきり掴んでやった。

残念ながら倒すには至らず、すぐに振り解かれてしまったが、女鬼のスピードを殺す事には成功した。

その間に俺は女鬼との距離を一気に詰めバルザードを振るう。

「キイイン」

女鬼が完全には見えてないはずの俺の攻撃を十字に構えた小太刀で受け止めた。

「くっ」

体格は、ほぼ同じでも相手はモンスターである鬼だ。俺よりも膂力に優れているらしく全力で押してもびくともしない。

女鬼が膠着状態から俺に向け十字に構えていたうちの一刀を横薙ぎに放って来た。

俺は避ける為にバックステップを踏むが、前のめりに押し込んでいたので避けきれず女鬼の一撃を脇腹にくらってしまった。

「ガハアッ」

脇に加えられた衝撃と痛みで動きも止まってしまう。

「海斗！」

追撃をかけて来た女鬼に向かってミクが火球を連続で撃ち込み動きを阻んでくれる。

ミクのお陰で時間を稼ぐ事が出来た。

俺は、止まった呼吸を取り戻すべく大きく息を吸い込んでから一歩下がる。

無理やり体勢を立て直し『ドラグナー』の引き金を引き銃弾を放つ。

近距離で放った銃弾は避けられる事なく女鬼の胸の真ん中に風穴を開けた。

「あぁ…………」

「その場で消えなさい。ご主人様に手をかけるとは許せません。『神の雷撃』」

女鬼が動きを止め何か言葉にならない言葉を発しようとしたが、間髪を入れずにシルが雷撃を放ち消滅させた。

「げほっ、げほっ」

攻撃をくらってしまったし思った以上に苦戦してしまった。

大鬼の方を見ると既に姿は無く消滅した様だ。

どうやらベルリアがしとめたらしく、俺の方を得意顔で見ている。

やはり大鬼には『アースウェイブ』が効果的だった様だし今後もこのパターンでしとめるのが良さそうだ。

一方俺が今回相対した女鬼のスピードは相当なものだった。

たぶん能力的には大鬼やアラクネの方が上だった気がするけどソロで臨んだせいか、かなり苦戦してしまった。

ナイトブリンガー越しとはいえ直接攻撃もくらってしまったし危なかった。

かなりの衝撃で今も脇腹には結構な痛みが残っているし相当なダメージが入ってしまった。

「ベルリア、そんな顔で見てないで回復頼む」

「はっ、お任せください。『ダークキュア』」

ベルリアのスキルの効果がすぐに現れ始め痛みが徐々に和らいでいく。

「いかがでしょうか」

「ああ、おかげで大分良くなってきた」

女鬼の小太刀をくらった箇所を確認すると大変なことが起こっていた。

「あ〜っ！　凹んでる！　あああっ」

なんと俺のナイトブリンガーが凹んでいた。そこまで大きな損傷では無いけど攻撃を受けた部分が少し凹んでしまっている。

今までダンジョンに潜る度に綺麗に磨いてきた俺の大事なナイトブリンガーが〜！

ナイトブリンガーが凹んだ〜！

形あるものには傷がつく。ダンジョンマーケットのおっさんが言っていた様に、それは物事の真理だとは思う。

鎧だし傷がつくのも当然だけどこれはかなりショックだ。

文字通り俺の身代わりとなったのだから鎧としては本望だろうがショックは大きい。

バルザードが欠けた時もショックだったけど、それと同じくらいショックだ。

「まあ、海斗が無事だったんだからいいじゃない。ショックなのも分からなくはないけど、あくまでも防具じゃない」

「ミク、分かってないな。ナイトブリンガーは大事な大事な防具なんだよ～。ちょっとの傷でもこれを見逃してしまえば、次からはもっと大きなダメージを負ってしまうかもしれない。人間は慣れてしまう生き物なんだ～！」

「そうね。そうかもしれないわね。次から気をつけて」

「ああ、そうするよ」

俺のナイトブリンガーへの思い入れがミクにも少しは伝わっただろうか？

それにしても今回ナイトブリンガーが傷んでしまった原因は全て俺にある。

自分でも気付いてはいたけど、俺は対人戦スキルが低い。

獣や虫型等のモンスターに対してはそこそこ戦えていると思う。だけど人型に近い種類のモンスター、特に今回の様に技術を携え臨んで来る敵にすこぶる弱い。

人型に近ければ近い程戦闘技術の応酬戦になるが、剣術を含めそのあたりの技術スキルが圧倒的に劣っている。

ベルリアに鍛えてもらっているとはいえ、上位の相手とはまだまだ比較出来るレベルにない。

この十六階層がオーガの様な力押し主体の鬼ではなく、今回の様な、剣客(けんかく)みたいな鬼中心に出現するのであれば確実に苦戦する。

ベルリアとあいりさんは能力と技術的に問題ない気がするけど、俺にはかなり厳しい探索になりそうだ。

「またベルリアに修行(しゅぎょう)してもらわないとな〜」

ここの所ダンジョン探索と春香と会う為に全ての時間を取られてしまいベルリアとの修行が全く進んでいなかった。

「マイロード、私はいつでもお待ちしています。スキルアップの為に更(さら)に厳しい修行をお約束します。お望みであれば極限までお任せください」

ベルリア、言ってる事は間違っていないけど、その言い回しでやる気が出る生徒は皆無(かいむ)だと思う。

今気が付いたけど、もしかしてベルリアって教えるのに向いてなかったりするのか？

教えてくれる人が他にいないのでベルリア一択(たく)だけど、可能であれば他の人に習った方がスキルアップが早かったりするのだろうか。

やっぱり悪魔に普通の感覚を求めることに無理があるのかもしれない。

いずれにしても十六階層中に劇的なスキルアップを望む事は不可能だし長期的な計画で対人戦スキルを磨いていくしかないな。

千里の道も一歩からだ。千里はいくら何でも遠すぎるので百里あたりを目指して頑張りたいと思う。

「あいりさん、大鬼の方は上手く倒せたみたいですね」

「ああ、『アースウェイブ』のお陰で殆どの動きが限定されていたから間合いさえ気を付ければ問題無かったよ。それより海斗は大丈夫なのか？　かなり激しく攻撃をくらってしまったようだが」

「俺は大丈夫です。ベルリアに治してもらいましたし。ちょっと鎧が凹んだだけです」

「そうか、怪我が無くて幸いだったな」

「はい」

俺達は床に落ちている魔核二個を回収してから、そのまま先に進む事にする。

「次からはルシェも頼んだぞ。シルも助かったよ。ありがとう」

「いえ、ご主人様のお役に立ててよかったです。でも無理は禁物です」

「わたしがちゃっちゃっと燃やしてやるよ」

リスクを避ける為に状況次第で次からは最初から二人にも参戦してもらう事にする。

マッピングしながら進んで行くが鬼の気配は無い。

もしかしてこの階層はそれ程エンカウント率は高くないのか？

「マイロード、避けてください！」

「え？」

「上です！」

上？

上がどうしたんだ？

ベルリアに避けてくださいとは言われたものの咄嗟の事で身体が動かなかった。

「あっ！」

俺の右足に履いているブーツの爪先を掠めるようにして地面に液体のような物が落ちて来て、そのまま周辺の地面が煙を上げて溶けてしまった。

危なかった。後一歩踏み出していたら俺の足は地面同様完全に溶けてしまっていたかもしれない。

だけど一体どこから？　いやベルリアが上って言ってたから上か。

「マイロードご無事ですか？」

「ああ、危なかったけど大丈夫だ」

咄嗟に動けなかったのが逆に良かった。

この階層にも罠があるのか。しかも頭上からか。

頭上に罠が仕掛けられているからといって常時上を向いて先に進む事は非常に難しい。

「ベルリア、感知できるのはさっきぐらいが限界か？」

「そうですね。発動してからしか感知できないので先程のが限界です」

天井までそれなりの高さがあるからか、ベルリアの警告から地面に液体が落ちて来る迄に少しの時間があった。

「シル、ベルリアの声を聞いた瞬間に『鉄壁の乙女』を発動する事は可能か？」

「先程くらいの時間があれば可能です」

「そうか、じゃあシルは俺と並んで進んでくれ。みんなも俺とシルを中心にして固まって移動しよう」

なぜか罠はほとんどの場合俺を中心にして降りかかって来るし、シルに俺の側にいてもらうのが一番合理的だと思う。

俺を中心にしたフォーメーションに変えて先に進む事にする。

「ん？　シルどうした？」

「ご主人様をお守りする為に必要な事です」

「そうか？　まあそういう事なら別にいいけど」

歩いているとシルが俺の右手を握って来た。

シルも一応女の子だけど春香の時とは違い、年の離れた妹と手を繋いでいるみたいだ。

俺は一人っ子なので今までシスコン属性は全く無かったけど、シルが俺の下に来てからというもの完全にシスコンの気持ちが理解出来るようになってしまった。

シルもルシェも俺の家族で完全に妹ポジなので、この感情はまさしくシスコンのそれなのだろう。

ただシスコンというだけで無く、娘が出来たような父性とも言えるような不思議な感情も混在している。それだけシルの事を愛おしく感じているのは間違いない。

ただ今この時点に於いてもロリコン属性だけには一切目覚めなかったのは、自分を褒めてやりたい。

この状況でロリコン属性に覚醒していればパーティを組むどころの騒ぎでは無くなり、探索者を続ける事も困難になっていたかもしれない。

もしそんなことになったら、恥ずかしすぎて葛城隊長に顔向けできない。

超絶ロリコン『ピンクの彗星』とかの二つ名が付いていたらもう二度とダンジョンへ踏

み入れる事は出来なくなっていたかもしれない。

「あ～、シルとだけ手を繋ぐとかあり得ないだろ！　この変態！　わたしも繋ぐぞ。ほら」

今度は罵声と共にルシェが俺の左手を握って来た。

ルシェの手繋ぎに対してもシルに対してと全く同種の感情が自分の中に生まれている。

幼い妹二人と両手を繋いで探索。

ダンジョンで一体なんの絵面かとも思ってしまうが、幸福度は高い。これはこれで有りかもしれない。

ただ間違っても他のパーティの探索者には見せられない姿だ。

「そろそろ離した方がいいんじゃないか？」

「どうしてでしょうか」

「いやだ」

「咄嗟に動けないというか、両手が塞がってる状況が怖いんだけど」

「私がお守りするので大丈夫です」

「気持ち悪いから照れ隠しはいらないぞ」

最初は二人と手を繋いでいると幸せな気分だったけど、ここはダンジョン。この三人一緒のお散歩スタイルはそろそろ解除したい。それなのにその旨を二人に伝えると拒否され余計にしっかりと手を握って来た。

「マイロード、姫！　上です」

『鉄壁の乙女』

阿吽の呼吸でベルリアの警告が聞こえた瞬間、シルが『鉄壁の乙女』を発動して俺に向かって落下して来た溶解液のような物を遮断しノーダメージで切り抜ける。

「シル助かったよ」

「ご主人様をお守りするのが私の務めですので」

「だから言っただろ！　わたしたちと手を繋いでれば安心なんだよ！」

「シルはまあ分かるけどルシェは別に手を繋ぐ必要ないんじゃないか？　守ってくれるわけでもないし」

「な、なにをふざけた事を言ってるんだ！　わたしはいざという時のために控えてるんだ！　そんな事も分からないのか。バカ、バカ、バ～カ！」

ふ～っ。やっぱりルシェとはまともな話が出来ない。精神年齢が見た目かそれ以下なので疲れる。

ただ、二人の言うようにこのお散歩スタイルも否定しきれない。ただ他の探索者には絶対に見られたく無い。いや見られてはならない。

「ご主人様、敵モンスターです。今度は三体いるようです」

「打ち合わせ通り、一体はルシェが倒してくれ。シルもいつでも行けるように待機しておいて」

さっきは相性の問題から二体の鬼でも結構苦戦したし今度はルシェにも戦ってもらう。

前方に現れたのは先程同様に鬼だ。

親子にも見えるが、大鬼、女鬼、そして子供の鬼が並んで現れた。

子供の鬼は他の二体とは違い鎖鎌のような武器を手にしている。大体シル達と同じぐらいの背丈なのでかなり小柄だ。

「ルシェ、子供の鬼を頼んだぞ！　ヒカリン『アースウェイブ』を大鬼に！」

俺は女鬼との相性が悪い。女鬼はベルリアにまかせ俺はあいりさんと共に大鬼へと向かう。

ヒカリンの『アースウェイブ』は確実に効いている。

「海斗、とどめは私に任せてくれないだろうか。やってみたい事があるんだ」

「えっ？　ああ、もちろんいいですよ。俺が注意を引きます」

あいりさんに何か策があるようなので俺は大鬼の注意を引く事に専念する。

『アースウェイブ』の効果で動きは限定されているけど、腕力にものを言わせ長刀を振って来るので気は抜けない。

バルザードには氷を纏わせてリーチ差を埋めるべく魔氷剣で斬りかかる。

相手は足を取られているので後方に回り込めば勝ちだ！

俺は斬り合いながらも距離を保ち、徐々に大鬼の後方へと回り込む。

あいりさんの援護も有り、完全に後ろを取った。

無防備な背中に向かって斬りかかるが、踏み込んだ瞬間、カウンター気味に刀による突きがこちらに向かって放たれた。

完全に虚をつかれ既に踏み込んでいるので避ける事が出来ない。

肩越しの後方への突きが完全に俺の身体を捉えている。

このままではやられる。

そう感じた瞬間にスイッチが入った。

追い詰められたこの状況で自然と『アサシン』の能力が発動したらしく、大鬼の突きが僅かばかりゆっくりになり剣筋を目で追う事が出来るようになる。

その剣筋に、既に構えていた魔氷剣を当てるように動かして俺への攻撃をズラす。

大鬼の刀は魔氷剣の刃に触れて軌道を変え、ナイトブリンガーの肩口を掠めて後方に抜けた。

またこの感覚だ。

完全に間に合わないタイミングだったはずなのに、僅かだが時間の流れが遅くなり俺の動きが加速した。

いや加速というより周りと違う時間経過の中を動いている感じだろうか。

完全に間に合わないと思われたタイミングで動作して相手の刀による突きを躱す事が出来た。

突きを躱し肩口に衝撃を感じた瞬間反撃に転じたが、今度は俺だけが素早く動ける事はなかった。

ゆっくりとした時間の流れに合わせるように俺の斬撃も緩慢なスピードで繰り出される。

敵は後ろ向きなのに普通に刀で防がれてしまう。

更なる突きから逃れる為に俺は慌てて後ろに下がる。

「海斗任せろ。鉄の呼Q　十五の型　斬鉄旋風撃　紅！」

大鬼の意識が俺に向いている隙に、あいりさんが必殺の一撃を繰り出した。

俺への攻撃の為に無防備となった大鬼の肩口を薙刀が抉る。

見事な一撃だけど。

あいりさん一体さっきのは何ですか？

何か変な掛け声と共に攻撃を繰り出した様に見えたけど何だったんだ？

「浅いか！　鉄の呼Q　十七の型　斬鉄撃蒼炎覇斬　滅！」

あいりさんの追撃が入り大鬼は消滅した。だけど、まただ。

どう考えても気のせいなんかじゃない。

あいりさんがおかしくなってしまった。

策があるとは言っていたけど、まさか……これの事か？

何やら不思議な技の名前を叫んでいたようだけど、今までの『斬鉄撃』と何が違うのだろうか？

どう見ても普通の『斬鉄撃』だったけど何か違ったのか？

「あいりさん、今のは一体何ですか？」

「ああ、ちょっとやってみたかったんだ」

「ちょっとやってみたかった？」

「そうだ。海斗は鬼烈の刀を知っているか？」

「鬼烈の刀ですか？」

「ああ、昔流行ったアニメなんだが知らないか？」

「言われてみれば、聞いた事がある様な気もしますけど」

「そうだろう。私はそのアニメの大ファンだったんだ」

「それと今のは何の関係が？？？」

「えっ？　海斗は知らないのか？」

「何をですか？」

「鬼烈の刀は、敵として鬼が出て来るんだ。しかも着物を着て刀を振るうんだよ」

「はぁ」

「そっくりだとは思わないか？　この階層の鬼がその登場する敵によく似てるんだ」

「ああ、そうなんですね」

「それで思いついたんだ」

「何をですか？」

「主人公達の技を鬼相手に使えないだろうかと思ったんだ」

？？？　どういうこと？

「主人公達は呼Qを使った大技を繰り出すんだ」

「見た事無いのでよく知らないんですけど、それって普通に無理じゃないですか？」

「海斗、さっきのを見てなかったのか？　鉄の呼Q　十七の型　斬鉄撃蒼炎覇斬　滅だぞ？」

あいりさん、俺はあなたに謝(あやま)らなければならない事があります。今まであなたの事を巴(ともえ)御前(ごぜん)を彷彿(ほうふつ)させる大和撫子(やまとなでしこ)でクールビューティなお姉さんだと思っていました。どうやら俺の勘違(かんちが)いだったようです。本当にごめんなさい。

俺の一方的かつ独善的な思(おも)い込みによるイメージだったようです。すみませんでした。

今よりあなたへの勝手なイメージを改めさせて頂きます。

俺も人の事は言えませんがあなたも病気に罹(かか)っていたのですね。

しかも俺が見る限りかなりの重度の病気のようです。

あなたは完全に厨二病患者(ちゅうにびょうかんじゃ)だったのですね。

今まで気がつきませんでした、すみません。

「鉄の呼Q　十七の型　斬鉄撃蒼炎覇斬　滅だぞ?」と当然の様に言われても鬼烈の刀を見た事の無い俺には全く理解できませんでした。

多分凄い技なのでしょうね。

見た事の無い俺が悪いのです。

ごめんなさい。

あいりさんは大学生ですね。高校生の俺から見たら大学生は随分(ずいぶん)大人に見えていましたが、それは俺の勝手なイメージだったのかもしれません。

もしかしたら数年後俺もこんな大学生になってしまうのかもしれません。

お母さんごめんなさい。未来の事は分かりませんが、今から謝っておきますね。

あいりさんの厨二病が発症したおかげが有るのか無いのか、早々に大鬼を倒すことに成功したけど厨二ブーストのない残りの二体はまだ抗戦中だ。

女鬼とベルリアは互いに二刀使いでスピードに優れていて似た特性を備えている。戦いは続いているが、俺と違いベルリアは女鬼のスピードにも対応できているしこのまま押し切れそうだ。

問題は子供の鬼の方だ。

大鬼に比べると格段に小さいので、それ程警戒していなかったけど、多分こいつが一番厄介だ。

見ると既にルシェが『破滅の獄炎』を放っていたが、女鬼を遥かに上回るスピードで獄炎の効果範囲から瞬時に抜け出している。

ルシェの獄炎を発動したにもかかわらず消滅しないとは只者では無い。

「ちょこまか動くなこのチビが！　さっさと燃えてなくなれ！　『破滅の獄炎』」

ルシェが二発目の獄炎を発動したが、またも獄炎が発現する前にその場から高速で離脱されてしまった。

とんでもない反応スピードだ。俺とあいりさんも参戦すべく急いで敵に向かって走り出す。

「ギャギャギャッ。鈍い鈍いな。鈍いと呪い殺すぞ。ギャギャギャギャ」

俺達を見て小鬼が声を上げた。

この風貌なので当然の様に喋れるらしい。だけどこれはあれか？　分かりにくいけど一応ダジャレなのか？

鬼もダジャレを言うのか？

鈍いと呪いをかけた感じか？

あんまり上手くはないけど、これが鬼クオリティなのか。

俺とあいりさんが距離を詰めようとするが、明らかに移動速度は小鬼が上回っている。

小鬼の持っている武器は鎖鎌。ダンジョンも含めてリアルの世界で見るのは初めてだ。

昔読んだ剣豪の話に鎖鎌の武芸者が出て来たのを朧げながら覚えている程度だ。

確か鎌での攻撃とあの分銅での遠距離攻撃ができるんだったよな。

小鬼は高速移動しながら器用に分銅の部分をくるくる回している。

走りながら分銅をこちらに向かって放って来たけど明らかに射程外だ。

これは当たらない。そう判断したが分銅は鎖(くさり)の長さ以上に伸(の)びて来て俺の胸の部分にヒットしてしまった。

「グゥハッ」

胸部に強い衝撃を受け呼吸が出来ない。

攻撃は完全に射程外だったはずなのに、鎖が伸びてきて俺まで届いてしまった。

まさかあの鎖鎌も魔剣(まけん)の類か？

「海斗、大丈夫(だいじょうぶ)か！」

「あんまり……だい……じょうぶ……じゃないです。息が苦しい……です」

「息が苦しいのか。そうか海斗、今こそ氷の呼Qだ！　呼Qを使え！」

「あいり……さん？」

さっきからあいりさんは何を言っているんだ？

アニメの技を使い始めたというか、なりきりヒーローみたいな事を始めたと思ったら、切迫(せっぱく)したこの状況で俺にまでアニメの技を使えと言ってきた。

百歩譲(ゆず)ってアニメはまあいい。

ただ俺そのアニメ見た事ないって言いましたよね。

見た事ないアニメの技なんか使えるわけないじゃないですか！

一体氷の呼Ｑって何だよ。

どうやったら使えるんだ？

しかも呼吸が苦しいのに呼Ｑって意味が分からない。

「海斗、全ては呼Ｑだ！　今までの修行を思い出して大きく体に空気を取り込め！　内なるコスモを燃やせ！」

よく意味は分からないが、要は深呼吸しろって事か？　内なるコスモの意味は不明だけど。

「す～っ、は～。す～っ、は～」

「そうだ、その調子だ！　呼Ｑが出来れば後は技を繰り出すだけだ！」

やっぱり深呼吸で正解だったみたいだ。ラマーズ法ではなかったらしい。

衝撃で息が出来なくなっていたので深呼吸は間違いではないと思う。ただ、あいりさん。だから無理ですって。

技って何？

氷って魔氷剣の事？

「それよりもあいりさん、小鬼の追撃がきます。
今はごっこ遊びをしている余裕はありませんよ。」

小鬼は俺に一撃入れてから一旦距離を取ったものの、俺とあいりさんがくだらないやりとりをしているのを見てチャンスと思ったのだろう。再びこちらに攻勢をかけて来た。

小鬼はさっき日本語を話していたのだから俺達のやり取りを大体は理解しただろうし、攻めに転じるのも納得ではある。

やはり知能の高いモンスターを前に情報を与える様な会話は控えた方が良さそうだ。

まあ今回の様な意味の分からない呼Qの話をしたところで不利になる事もないとは思うけど。

小鬼はこちらへと再度分銅を放って来た。

どうやらあいりさんではなく既に一撃入れた俺をターゲットに定めたらしい。

さっきは見誤って攻撃をくらってしまったけど、鎖が伸びるのは既に分かっている。

今度は油断せずにしっかりと見極め避けようとするが、分銅が方向を変え追尾して来た。

迫って来る分銅に向け咄嗟にバルザードの斬撃を飛ばす。

バルザードの斬撃でも鎖が切れる事は無かったが、分銅の勢いを殺し衝突は何とか防ぐことが出来た。

分銅を弾くと小鬼はそのまま距離を詰め鎌を振るって来る。

今まで鎌を使う相手と対峙したことが無い。

バルザードで受け流すが、思った以上に厄介だ。

一般的な一直線の武器と違い横に伸びている刃の部分が今までにない変則的な距離感を生み、回避が困難だ。

距離感を誤って腕や他の場所を斬られてしまいそうで必要以上に神経を使う。

高速で襲ってくる鎌の攻撃全てをバルザードで受け流す事は出来ないので回避にウェイトを置き対処する。

「あいりさん！」

「任せろ！　鉄の呼Q　十一の型　斬鉄撃爆雷陣　破」

あいりさんが距離の詰まった小鬼に対して踏み込みながら斬鉄撃改め鉄の呼Q　十一の型を放ったが刃が届く前に高速で躱されてしまった。

「私だって負けてられないわ。『幻視の舞』」

ミクが久々に『幻視の舞』を繰り出した。

だけど小鬼に効くのか？

前方の小鬼を注意深く観察すると、若干動きがおかしい。

完全ではないかもしれないけど確実に動きに影響を及ぼしている様に見える。

「このチビ、いい加減にしろよ！　炎がダメなら風に刻まれて地獄に落ちろ！　『黒翼の風』」

俺達の攻防にルシェが痺れを切らしたらしく、動きが鈍った小鬼に怒りをぶつけながら必殺の一撃を放った。

黒い風が小鬼に向かって襲い掛かりそのままバラバラに切り刻んでしまった。

小鬼がいくら素早くても、自分に向かって集約する風の刃から逃れる術は無かったらしい。

ただ、よく考えるともっと早く『黒翼の風』を使ってればこんなに苦戦する事は無かったのではと思う。ただ今言うと絶対にルシェが怒るのが目に見えているのでやめておこう。

ベルリアの方も『アクセルブースト』を使用して既に勝利していた。

タイプは近い気がしたけど膂力と技の威力で勝るベルリアが難無く女鬼を退けていた。

「やっぱり鬼は手強いな～。俺結構疲れたんだけどみんな大丈夫？」

「私はほとんど活躍してないから疲れてないわ」

「いやでも『幻視の舞』が効いてたっぽいし、タイミングがあればどんどん使っていけばいいんじゃないか？」

「そうね。機会があればまた使ってみるわ」

「そうだな」

「私は楽しいし元気だぞ」

「そうでしょうね……。鬼烈の刀でしたよね」

「あ〜っ！　やっぱりそうなのですね。あいりさんの戦うのを見てて気になってたのです。確かにこの階層の鬼は、ぽいですよね。いいな〜私も何か考えようかな。コホッ……」

やっぱり鬼烈の刀なのですね。私も大好きなのです。再放送を見てハマったのです。確か

「ヒーローの気分が味わえて爽快だぞ」

ヒカリンも鬼烈の刀が好きなのか。あいりさん一人でも微妙なのにヒカリンも一緒になってやるのは控えてくれると嬉しいなぁ。

三体の鬼を無事退ける事が出来たものの、結構苦戦してしまった。特に一番小さい鬼に思いの外手こずってしまい、結局俺だけでは倒す事が出来なかった。

今後も出現するであろうあの小鬼には何らかの対策が必須だ。

この二連戦で直接攻撃を被弾してしまった。

十五階層ではなかった事だ。相性もあると思うけどこの階層の鬼は単純に強い。

それにこの階層では戦闘の度に目に見えて消耗していっているのが分かる。

「みんなそろそろお昼にしようか」

「そうね、適当な場所で食べましょうか」

余り根を詰めて探索を進めても良い結果にはならない。休息を兼ねて早めに昼食を取る事にする。

ちなみに俺の今日のメニューはコーンマヨネーズパンとツナマヨのおにぎりだ。

どちらもマヨネーズベースだけどマヨネーズは何にでも合う。マヨネーズは最高だ。ダンジョンで摩り減った身体にマヨネーズが染みる。

食べた事は無いけどツナマヨのおにぎりが美味しいという事はご飯にマヨネーズをかけただけのマヨネーズご飯も案外いけるのかもしれない。

確実にコレステロールは蓄積しそうだけど。

「海斗、両方マヨネーズじゃない？　美味しいの？」

「ミクは食べた事ないのか？　かなりイケるけど」

「ふ～ん。それにいつも思うんだけど少なくない？」

「え？　そうかな。こんなもんじゃないかな」

「海斗私達よりも少ないとおもうけど」

「私もそう思うのです。どう考えても私達のお弁当の方がカロリーも栄養もありそうなのです」

「ダンジョンでこれだけ動いてるんだからもっと食べた方がいいぞ」

「そうですかね。自分ではこんなもんだと思ってたんですけど」

俺のダンジョン飯は基本おかず、パン一個におにぎり一個だ。ずっとこの組み合わせだし、今更増やす気もないけど確かに彼女達のお弁当に比べると圧倒的に簡素である感は否めない。

「良かったらおかずを一個あげるわよ」

「いや、いいよ悪いし」

「私のもあげるのです」

「私のもよかったら食べてくれ」

気持ちは嬉しいけどそんなにひもじく見えたのだろうか？

「気持ちだけで十分です。ありがとうございます」

「気持ちだけじゃ栄養にならないのよ。どれが良い？　卵焼きとかどう？　男の子ってみんな卵焼きが好きなんでしょ？」

「別に嫌いじゃないけど、特別卵焼きが好きってわけでもないよ。多分ラノベとかの知識だと思うけど男がみんな卵焼き大好きっていうのは無いかも。人によるんじゃないか？」

「へ～そうなんだ。よくお弁当とかのシーンで卵焼き最高！　みたいなの見る気がするんだけど」

「それはイメージじゃないかな。肉じゃががお袋の味だから作って欲しいとかってのもよく聞くけど俺の母親が肉じゃが作ってるのなんかほとんど見た事ないな。だから俺のお袋の味は肉じゃがではないし、なんならじゃがいも無しの肉だけの方が嬉しいくらいだよ」

「そうなのですか？　私も男の子は卵焼きと肉じゃがだと思ってたのです。海斗さんが特殊とかではないのですか？」

「いや普通だと思うけどな～」

やっぱり男子飯は卵焼きと肉じゃがのイメージなのか～。でも俺の周りでもそんなに卵焼きを毎日食べてる人って見た事ない。

「それじゃあウィンナーあげるわよ」

「あげると言われても俺お箸がないんだけど」

「別にお箸ぐらいいいわよ。はいど～ぞ」

はいど～ぞって、これって言い方が違うだけで所謂あ～んじゃないのか？

「いや無理無理！　手で食べるって」

「手はダメでしょ。はいど～ぞ」

「…………」

「海斗さん、私はミートボールあげるのです。はい、あ～ん」

「…………」

「それじゃあ私はこのアスパラベーコンを。ほら口を開けてくれ」

「…………」

なんだこの状況は？

弁当のおかずをくれるのは素直に嬉しいけどこの状況は何だ？

普通に無理。

みんな何も感じないのか？　三人から同時にあ～んって一体どこのラブコメ主人公なんだ。

自慢じゃないが俺はただのモブだぞ？

「はい、ど～ぞ。私のは食べられないの？」

「…………」

「海斗さん、あ～ん。せっかく海斗さんに食べてもらいたかったのに」

「…………」

「海斗、もちろん私のは食べてくれるんだろう」

「…………」

俺はどうすればいいんだ。何が正解なんだ？　これを食べてしまえば、おかずと引き換えに俺は何か大切なものを失ってしまいそうな気がする。

かと言ってこれを無視するのも難しい。

どうすればいいんだ～～。

「ふふふっ」

「ふふふ」

「海斗」

何？　みんなどうしたんだ？

「海斗、その顔。冗談よ」

「えっ？」

「急にラノベとか言い出すからからかってみたくなっただけよ」

「私もそれに乗ってみただけなのです」

「私もだ。ラブコメハーレム主人公を体験してみるのも悪く無かっただろう」

「な、な、なにをしてるんですか！」

「海斗がどんな反応するかと思ったんだけどある意味予想通りだったわね」

「そうですね。どうせなら順番にあ～んで食べて欲しかったのです」

「まあ海斗だからな」

俺だからって完全に馬鹿にされてるよな。

「そんな事出来るはずがないだろ。俺には～～～」

「はいはい、春香ちゃんがいるって言うんでしょ」

「……まあ、そうだけど」

「でも告白もしてないんでしょ」

「…………まあ、そうだけど」

「振られるかもしれないわね」

「……………まあ、そうだけど」

「冗談よ」

「週末のネタが一つ増えたのです」

ヒカリン、週末のネタって何だ？

「もしこのまま食べてたらどうなったんだよ」

「それはね～」

「もちろん報告なのです。春香さんに」

春香に報告⁉

ヤバかった。やっぱり勢いで食べなくて良かった。

それにしても女の子は怖(こわ)い。今後も調子にのる様な行動は控えないと俺と俺の人生が終(しゅう)了(りょう)してしまいそうで怖い。

「まあせっかくだし食べてよ」

「あ、ああ、じゃあ手でいただきます」

三人のおかずを順番にいただくと、味は物凄(ものすご)く美味しかった。

ただ出来る事なら普通に食べたかった。

「ありがとう。美味しかったです。でも土曜日にはこんな冗談は必要ないから」

「それって振りなのですよね」

「ち、違う。本気だ。絶対にやめてくれ」

「ふ～ん、土曜日もやればいいって事ね」

「ミク！　本当にやめてくれ。頼(たの)む、お願いします」

「わかってるわよ。冗談に決まってるでしょ」

「ヒカリンもわかってるよな」

「ワカッテルノデス。イヤダナ～」

今はちょっと
そういうの考えて
ド
ごめんなさい
ゴッ

「本当だな」

「大丈夫なのです」

「海斗、愛されてるな」

「どこがですか」

お昼ご飯は休憩を兼ねているはずなのに異常に疲れてしまった。

これ昼からの探索大丈夫だろうか？

疲労が抜けた気が全くしない。

「それじゃあ、そろそろ進みましょうか」

そうは言ってもいつまでも休憩している訳にもいかないので俺は重い身体に鞭を入れ先に進む事にする。

「あいりさんが鉄の呼Qで海斗さんが氷の呼Qなのですよね」

「いや俺は別に……」

「私は何が良いですかね～。武器が無くても大丈夫ですよね。う～ん炎雷の呼Qはどうですかね？」

「いやどうですかと言われてもな～。そもそも俺よく知らないし」

「嘘でしょ。鬼烈の刀ですよ。一大ムーブメントを起こした大ヒットアニメなのですよ」

「いや見たことない。ミクも知らないよな」

「えっ？　もちろん知ってるわよ。当たり前でしょ」

そうなの？　当たり前なのか？

俺はマイノリティなのか？

それともこのパーティ内だけの話なのか判断がつかない。

「ヒカリンが炎雷の呼Qなら私は炎被りだから幻の呼Qにしようかな」

「良いですね～」

何だこの当たり前の様な会話は？

炎被りって何？

そもそも呼Qってなんだよ。

そんなことしてる余裕あるのか？

このパーティはダンジョンを使った壮大な厨二なりきりごっこを全員でするつもりなのか？

俺の見立てが甘かった。どうやらあいりさんだけじゃ無くパーティメンバー全員が病気に罹っていたらしい。

俺が気が付いてなかっただけでK - 12は重度の厨二病患者で構成されたパーティだった

らしい。

　鬼との戦闘に苦労してはいるけど、鬼の密度が濃くはないので進むペースとしては悪くないと思う。

「次に小鬼が出てきたら、シルかベルリアが対応してくれ。女鬼は俺でも何とかなるから」

「おい！　わたしが抜けてるだろ！　仲間はずれか！　いじめか！」

「いや、どう考えてもルシェも相性悪かっただろ。さっきも一人じゃしとめられなかったくせに」

「海斗が余計な事をしなかったら一人で余裕だったんだ。ふざけんな！」

「はいはい、まあシルとベルリア頼んだぞ～」

「くっ、やっぱりいじめだ」

　そもそもいじめって何だよ。いじめな訳ないだろ。十七歳の俺が幼女をいじめるって普通に捕まるだろ。

　ルシェの事は措いといてトラップ対策でシルと俺が真ん中に立つフォーメーションのまま進んで行く。

「ご主人様、敵モンスター三体です。その先を曲がった所にいます」

「よし、じゃあ打ち合わせ通りで行くぞ」

警戒しながら進んでいくと敵の姿を確認する事ができたが、視線の先には小鬼が三体。

小鬼はシルとベルリアに頼むとは言ったものの三体とは想定外だ。

「シルとベルリアが一体ずつ、俺とあいりさんで一番左のをやりましょう。ミクとスナッチは俺の援護を。ヒカリンはベルリアのフォローに回ってくれ」

「お、おい。わたしはどうするんだよ」

「う〜ん、ルシェはとりあえず待機で」

「待機⁉」

「うん、それが一番いい気がする」

「まさかとは思うが、わたしの事を馬鹿にしてるのか?」

「いやいや、普通に状況判断しただけ。馬鹿になんかするはずないだろ。被害妄想だって」

「本当か? 本当だな?」

これ以上ルシェに構っている余裕はないので小鬼と交戦に入り、念の為バルザードに氷を纏わせて魔氷剣を発動しておく。

最初に動いたのはベルリアだ。

真ん中の小鬼を目掛けて一気に加速する。三体からの狙い撃ちを防ぐ為にヒカリンが援護射撃をする。

「炎雷の呼Q　一の型　ファイア炎雷の舞ボルト　鳳」

ヒカリンもやっぱりやるのか。

しかも『ファイアボルト』ってあんなのでも発動するんだな。

やっぱり魔法ってイマジネーションな気がする。もしかして詠唱なしでもイメージするだけで発動したりして。

固定概念はいけないな。俺の『ウォーターボール』も色々やってるし。既にウォーターでもボールでもなかったりするもんな。

俺も現状で満足してる場合じゃない。可能性は無限に広がっているのだから。

ヒカリンの呼Q発動に妙に感心してしまったが、今度は俺の番だ。

一番左の小鬼に向かって駆けて行く。

あいりさんも俺の動き出しに合わせて速度を上げてくる。

「幻の呼Q　三の型　幻視の舞　幻蝶乱舞　偽」

今度はミクか。それにしても技の名前は自分で考えたんだろうか？　それともアニメの作中に実際に出てくる技なのだろうか？

三人とも結構ヤバイ感じだが、なかなかかっこいい名前だな。

しかし呼Qもだけど型って何なんだろうか？

確かあいりさんは十七くらいをあげていた気がするけど、まさかとは思うが十七個も技の名前があるのか？

どう考えても覚えられそうにない。

俺は一の型固定でいいや。

いや、その前に俺はアニメを見た事無いしやらないけど。

気を取り直して左端の小鬼を見ると何もない宙に向かって刀を振るっている。

これは、完全にミクの『幻視の舞』改め幻の呼Q　三の型　幻視の舞　幻蝶乱舞　偽が効いている。

名前が長くて次言える自信はないけど、効いている所を見ると幻の呼Qもある程度有効なのかもしれない。

イマジネーションで魔法の効果が上がる可能性も否定出来ないので、好きなアニメの技を思い浮かべる事で魔法やスキルの効果が本当に上がっているのかもしれない。

恐るべし呼Q。侮れない。

俺とあいりさんは奇妙な動きを続けている小鬼にむかってそのまま距離を詰める。

「アイアンの呼Q　四の型　戦撃ボール衝　滅」

あいりさんが『アイアンボール』を放つ。

だけど、もはや鉄の呼Qですら無くなっている。

ただ命中した鉄球は、心なしかサイズも威力も増している気がするし文句は言えない。

ひとつ気になるのは発動にいつもより時間がかかっているので、急を要する時は控えて欲しい。

『アイアンボール』が直撃した小鬼はうずくまっているが、痛みでミクの幻術は解けたようでこちらを睨んできた。

小鬼とはいえ鬼なので睨まれると結構怖い。

いつまでも睨まれ続ける訳にはいかない。速攻で勝負を決めに掛かる。

機動力を削がれた小鬼には俺とあいりさんの同時攻撃を避ける術はない。

「海斗、氷の呼Qだ！」

え……ここでですか？　あいりさん。スパッといったら終わるところですよ？

氷の呼Qって何？

どうしたらいいんですか？

無茶振りすぎませんか？

「こ、氷の呼Q　一の型　え～っと……氷結烈波……氷斬」

俺は恥を忍んでオリジナルの技の名前と共に魔氷剣を振るい小鬼の消滅に成功した。

今回の戦闘は魔氷剣の一振りで終わったけど、いつもより疲れた。そして恥ずかしい。
俺の精神力が一気に削られてしまった。
「海斗、なかなか良かったぞ。ただ最後の部分は一文字の方がベターだったな」
「……………そうなんですね」
最後は一文字か。思い返してみれば確かに他のメンバーはそうだった気がする。
うっかりしていた。
でもこれで俺もみんなの仲間入りだ。
英雄願望のある俺でもこのリアルヒーローごっこは厳しい。
考えてみれば探索者になる人は少なからず厨二病にかかっているのだろう。
そうじゃ無いと続けられないよな。
は〜〜。
そうだ、残りの小鬼はどうなった？
横に目をやると二体とも交戦中だった。
ベルリアと小鬼の駆けるスピードは両者に大きな差は無い様に見える。
攻撃の為に剣を振るっては距離をあけられるという状態が続いているようだ。
シルの方もどうやら近接戦を選択したようでシルが最前線まで出てきて交戦している。

「スピードだけはある様ですが、それだけのようですね。あまり時間をかけるとご主人様の迷惑になります。そろそろいいでしょう。早く消えてしまいなさい。我が敵を穿て神槍ラジュネイト」

シルは神槍の発動と共に一気に加速して小鬼を捉えて瞬殺してしまった。

俺があれだけ苦労した小鬼もシルは瞬殺。

やはり火力も含めてシルは別格だと再認識させられる。

これで残るはベルリアだけか。

ベルリアは未だ相対する敵を捉え切れていないようだ。

「あ〜、イライラする。わたしだけ除け者か！　もういいベルリア代われ。時間かかりすぎ！　わたしが瞬殺するから退け！」

ルシェがきれた？

説明したのに納得してなかったのか？

そもそも小鬼とルシェは相性が悪すぎるだろ。どう考えてもベルリアにまかせたほうが良い。

「ルシェいきなり何を言い出すんだ。お前じゃ無理だろ、大人しくしてろ」

「バカなのか？　こんな小鬼ぐらい敵の内に入らない。無理なはずないだろ！　その小さい目を極限まで開いてしっかり見てろよ」
そう言うとルシェは小鬼に向かって駆け出した。
ルシェまさか近接戦やるつもりか？
躱される事を考えると確かに学習しているのかもしれないけどルシェが近接戦？
以前のスタンピードの時以来だけど大丈夫なのか？
まさかとは思うけど頭に血が上って何も考えずに突っ込んで行った訳じゃ無いよな。
「ベルリア、チンタラしてるんじゃないぞ！　さっさとどけ～！」
ルシェが魔杖トルギルを構えてベルリアと交戦中の小鬼に向かって駆けていく。
「わたしだってこのくらい朝飯前なんだ～！」
ルシェはベルリアを押し退けると小鬼に向かってトルギルを振りかぶってぶっ叩いた。
正直技術も何も無い、ただのフルスイング。
小鬼もトルギルを止めるべく鎌で応戦する。
「パキ～イン」
トルギルが鎌に触れた瞬間に鎌の刃の部分が完全に折れて破壊されてしまった。
一体あの杖は何で出来てるんだ？
どこをどうやったら一撃で鎌を折る事が出来るんだ？

ベルリアの攻撃で既に破損していたのか？

鎌を失った小鬼は後方へと逃げ出し、距離を空けルシェに向かって分銅を投げつけて来た。

「こんな物！　わたしに効くわけないだろ～！」

ルシェが迫って来る分銅に向かってトルギルを一閃すると分銅も砕け散ってしまった。

ルシェ強すぎないか？

お前は完全な魔法職。純然たる後衛だろ。

ステータスだってシルと比べても魔法職寄りのものだ。

それが何で近接戦闘でそんなに強いんだよ。

どう考えてもベルリアより強くないか？

これが士爵と子爵の差なのか？

それともルシェが特別なのか？

武器を完全に失った小鬼は一瞬怯んだようにも見えたが、覚悟を決めたのか素手でルシエに襲い掛かった。

「近寄るな。臭い！」

ルシェが嫌そうに襲って来た小鬼をトルギルで薙ぎ払った。

「ガフゥッ！」

ルシェの一撃は小鬼の左腕を粉砕して、胴体にも大きなダメージを残したらしく、小鬼は既に虫の息と化している。

「杖が汚れるから嫌なんだよ。わたしの手を煩わせずに勝手に自分で消えて欲しいぐらいだぞ」

流石はルシェ。圧倒的な上からのお言葉。流石は王族。庶民でモブの俺には一生口にする事は出来ないお言葉だ。

小鬼は最後の力を振りしぼり、残った右腕で攻撃をかけようと試みるが、あっさりとルシェに阻まれる。

「もう死んでしまえ。流石にしつこいぞ！　しつこい奴は嫌いなんだよ、どうせ死ぬんだからさっさと逝け！」

そう言いながらルシェが今度は小鬼の右腕に向かってトルギルを振るって粉砕する。完全に死に体となった小鬼に向かって、更に滅多打ちにしボロボロになった小鬼は程なく消えてしまった。

「ちょっとはスッキリしたけど、やっぱり前に出るもんじゃ無いな。疲れた！」

「いや、お前が勝手に出ただけだろ」

「海斗、勝手にってなんだ、勝手にって」

「俺はルシェに待機って言ったよな」

「そ、それはそうだけど、お前らが苦戦してチンタラやってたから助けてやったんだろ」

「ふ～ん、別に助けてくれなくても、ベルリアがきっちりとしとめてくれてたと思う。なあベルリア」

「マイロード、お言葉ですが私ではとどめをさす事は難しかったかもしれません。流石はルシェ姫様です。ご助力感謝いたします」

ベルリア、俺はお前を擁護してやってるんだぞ？

それを……。

「ルシェ、もうこれだけやれるんだからいっそのこと前衛に出たらいいんじゃないか？前衛に出たら毎回敵にとどめをさせるぞ」

「バ、バカ！　バカなのか。わたしはか弱い女の子だぞ！　危ないだろ！　怪我したらどうするんだ」

「か弱い女の子？？？」

これほどの強さと容赦の無さでか弱い女の子はない。

ルシェがか弱かったら俺は超か弱い男の子だぞ！

というより世の中の殆どの男は超か弱い事になってしまう。

「ルシェ、流石にか弱いっていうのは無理があるだろ」

「ふ、ふざけるな〜。海斗お前はわたしの盾だ！　わたしを守る義務があるんだよ。死んでもか弱いわたしの事を守る義務があるんだよ！」

「えっ」

俺がルシェの盾!?　この前ルシェが俺の盾だって言ってなかったか？

主従関係が逆転してないか？

サーバントを死んでも守るマスターって聞いたことがないんだけど。

まあ何かあったら言われなくても守るけど。サーバントっていうか一応妹だしな。ただ先に俺が死んだら流石に守れないけどな。

ルシェの活躍もあり、小鬼を撃退した後も十六階層の探索を続けたものの結局数度の戦闘を経て初日は撤退する事となった。

時間的にはまだ余裕があったけど、俺のMPが先に尽きてしまった。

『ゲートキーパー』1回分を残してMPを使い切った所で切り上げる事にした。

初日でMPが尽きてしまうとは完全に想定外だった。

鬼との戦闘の度に魔氷剣やナイトブリンガーを発動させ、『ドラグナー』をそれなりの回数使用したらＭＰがみるみるうちに枯渇してしまった。

明日、これ以上進もうとするなら、ＭＰを使用する手段を温存しながらパーティの戦闘スタイルを変えてしまうか、ポーションに頼るしかない。

低級ポーションはあくまでも体力と怪我の回復重視なのでＭＰの回復量は少なめだ。

やっぱりこの先はマジックポーションが必要かな。

今まで低級ポーションの使い勝手が良かったので、マジックポーションを購入する事は無かったけど、この階層では必須かもしれない。

「みんな、悪いんだけど俺ダンジョンマーケットに寄ってから帰るよ」

「分かった」

「また明日よろしくなのです」

「海斗、呼Ｑの鍛錬を忘れるな」

「いや、まあ、はい」

呼Ｑの鍛錬って何をすればいいんだ？　腹式呼吸の練習でもしとけばいいのか？

とりあえず深く考えない方がよさそうだ。

今度時間があったらアニメを見ても良いけど俺も受験生になるし、見なくてもいいかな。

みんなと別れてそのままダンジョンマーケットに向かう。

「すいませ～ん。マジックポーションを見せてもらって良いですか？　マジックポーションを使った事はないので説明もお願いしていいですか？」

「はい、かしこまりました、マジックポーションはこちらです」

店員さんに案内されてマジックポーションのある場所に連れて行ってもらう。当然のようにいつもの低級ポーションと同じ場所に置かれていた。

「ポーションのお使いは初めてですか？」

「いえ低級ポーションは結構使ってるんですけど、マジックポーションは初めてです」

「そうなんですね。ではマジックポーションの説明ですが、通常のポーションと同じく低級、中級、上級、そしてその上の特級となっております。等級によりMPの回復量が異なります。ちなみに低級でMPが50前後回復致（いた）します。中級はほぼ100程回復しますが、価格は低級十万円、中級で五十万円となっております」

「すいません、それだと中級よりも低級の方がお得じゃないですか？」

「そうですね。費用対効果は低級が一番優（すぐ）れていますが、そう何本も飲めるものではありませんし、戦闘中に飲む事を考えると中級を選ばれる方も多いです。それと等級が上がるほど味も良くなっておりますので」

「等級で味が違（ちが）うんですか？」

「はい。誠に言い辛いのですが低級は美味しくないです。漢方を煮詰めたような独特な苦味があり、どうしても無理だと言われる方もいます。中級以上はかなり飲みやすくなっていますので」

「そうですか分かりました。それじゃあ低級を四本お願いします」

「初めての方には中級をお勧めしていますが低級でよろしかったですか？」

「はい、多分一日一本飲まないといけないので安い方が良いんです。毎日飲んでも副作用とかは大丈夫ですか？」

「一応、身体に害は無い事が証明されていますが、飲みすぎるとお腹が緩くなる場合があるぐらいでしょうか」

「じゃあ、それでお願いします。あと、本当これはついでなんですけどエリクサーとかネクターとかって売ってたりしますか？」

「いえ、ここではそのような特別な霊薬は取り扱いが無いですね。私も勤めて結構長いですが一度も見た事はないです」

わかってはいたけど霊薬の類をダンジョンマーケットで買う事は難しい。やはりダンジョンでどうにかして手に入れるしかなさそうだ。

マジックポーションの出費は痛いけど、探索を進める為の必要経費と割り切って明日から積極的に活用していきたい。

購入したマジックポーションは四本。これで今週はＭＰの心配無くダンジョンに潜れるはずだ。

ダンジョンに潜る時間が延びて距離が稼げれば十分元は取れる。

せっかくダンジョンマーケットに来たのでおっさんの店にも顔を出す事にする。

「すいませ～ん」

「おう、坊主か。良いところに来たな。入ってるぞ」

「入ってる？」

「あ～？　坊主が予約頼んで来たんだろうが」

「予約？　も、もしかして、マジックポーチですか？」

「お、おう。まあ似たようなもんだ」

？？？　おっさんの言い回しにちょっと引っかかる。似たようなもん？　それってマジックポーチじゃないってことか？

「運良く、引退する探索者が装備一式売りに出たんだけどよ～、そこに入ってたんだ。坊主ラッキーだったな。こいつはマジックポーチよりレアだぜ！」

そう言っておっさんが持ってきた薄汚れたそれは確かにポーチの形では無い。

「随分汚れてますね」

「そりゃあ前の持ち主が肌身離さずつけてたんだからそのぐらい当たり前だろ〜が。むしろ歴戦の証ってもんだ」

「な、なるほど」

なんと表現したらいいんだろうか？

十年ぐらい使い古された下着のような印象を受けてしまうが、中古を頼んだのは俺だからこれは仕方がない事なのだろう。

勝手に中古でも結構綺麗だろうと思い込んでいた節があった。これは完全に俺の落ち度だ。

たとえ薄汚れていても新品を購入することは難しいので、安いなら我慢するしかない。

「しかもだ！　まとめて買い取ったから、これも格安だぞ！　聞いて驚け、二百五十万で売ってやるよ」

「二百五十万ですか⁉　本当に格安じゃないですか」

「おお、そうだろう。滅多にこんな掘り出しもん出ね〜んだぞ。俺に感謝しろよ」

マジック収納としては間違いなく格安だ。迷うことなく買いだ。だけどちょっと待てよ。

「あの〜、安い理由を聞いても良いですか？」

「理由？　そんなもんね～よ。ただな、これはポーチじゃね～んだよ」

「すいませんこれって何ですか？　ウェストポーチっぽい気もしますけど違うんですか？」

「ああ、大体あってるぜ」

「大体って本当はこれはなんですか？」

「聞いて驚くな。これはマジックポーチより遥かにレアなマジック腹巻だ！」

「腹巻ですか？」

「おお、腹巻だ。ただな日本古来の腹巻って言うより、海外とかの旅行用に使う腹巻みたいな感じだな」

「それでもやっぱり腹巻なんですね」

「おお、だから腹巻だって言ってんだろ。ただな、こうやってサイズ調整も出来るスペシャルな腹巻なんだよ」

「荷物はこのチャックから入れるんですよね」

「おお、そうだぞ。マジックポーチよりは若干容量は落ちるけどよ、坊主一人分の装備は余裕でいけるだろ」

「そうですか。念の為に装備一式取ってくるんで待っててもらえますか？」

「おお、いいぞ」

そう言うと俺はいつものレンタルロッカーまで戻って荷物と装備一式を纏めておっさんの所へ急いだ。

「お待たせしました。これが俺の装備一式なんで試しに入れてみていいですか？」

「おお、いいぜやってみろよ」

「これってどうすればいいんですか」

「そりゃ、腹巻なんだから腹に巻いて使うに決まってんだろ」

「それじゃあ、お借りします」

若干の抵抗感はあるけど背に腹は代えられない。

俺はマジック腹巻を腹に巻いて、手持ちの荷物を入れてみる。

「おおっ！」

不思議な感覚だが物を入れて手を離すと無くなっている。

ちょっと感動だ。

「これって取り出す時はどうするんですか？」

「そりゃあ手を突っ込んで探すしかね～だろ」

「ああ、そうなんですね」

物を入れる時はこれぞマジックアイテムって感じだけど取り出す時は、全くファンタジー感がないな。アナログというかマニュアル感全開だ。

入れるときにしっかり仕分けて入れないと取り出すときに苦労する感じか。

どうやらパソコンのフォルダのようにはいかないらしい。

俺はバルザードをマジック腹巻のポケット部分に差し込んでみる。

「おおおお〜入った」

「当たり前だろうが。剣ぐらいは入らね〜とマジックストレージとして使いもんにならんだろ〜が！」

「この鎧は入りますかね」

「は〜っ、入るわけね〜だろ。口の大きさよりでけ〜もんが入るわけね〜って。無理やり入れたら破れて使えなくなるから注意しろよ」

「はい」

順番に俺の荷物を入れてみると、ナイトブリンガー以外は全て収納する事が出来た。だけど重さはほとんど感じない。

これがマジック腹巻。本当にすごい。

薄汚れてはいるが間違い無く本物だ。

これで二百五十万円なら買いだ。

だけどこのマジック腹巻から物を出し入れする姿は正に猫型ロボットのそれを彷彿とさせる。

ある意味無敵感が漂うけど一般的な探索者がこのイメージを良しとするとは思えないのでこの価格なのかもしれない。

おっさんは俺が迷っていると勘違いしたのだろう。一気にまくし立ててきた。

「坊主この腹巻の凄いところはな、サイズ調整がこんなに利くところだ。鎧の下につけても鎧の上からでも装着出来る優れものだ！　少々汚れちゃいるが、消臭スプレーでなんとかなるだろ。ユーズドだよユーズド。ダメージデニムみたいでかっこいいだろうが！　おまけにレアだぞレア。他の探索者と被らね～傾奇者だぜ。しかも滅多に出ねえマジックストレージだぞ。二百五十万はバーゲン価格だ！　坊主の為に俺が買い取ったんだからな！」

いつになく早口で捲し立てて来る。どうしても売りたいという気持ちが前面に出ている。こちらも元々欲しいと思っていたマジックストレージだしまさにｗｉｎ‐ｗｉｎの関係とはこの事だ。

「分かってますって。買います」

「おお～そうか。じゃあ取り扱いの注意だが間違っても洗濯機で洗ったりすんなよ。中が水浸しで使いもんにならなくなるぜ」

俺はその場で即決してマジック腹巻を購入した。

今まで荷物を背負いながらの戦闘だったので多少動きにも影響が出ていたと思う。肩が凝ったりもしたけど、ついに、ついに俺は探索者なら誰もが憧れるマジックストレージを手にする事が出来た。

しかも新品のマジックポーチが最低でも一千万円という事を考えるとこのマジック腹巻の二百五十万は格安だ。あのおっさんとは思えないほど良心価格だった。

偏に汚れと腹巻という斬新なスタイルのお陰でこの値段だったんだろう。

しかも、安かろう悪かろうじゃない。

俺の荷物を全部入れてもまだ余裕があるようだし殺虫剤等ももっと詰め込む事が可能だ。

凄い！　なんて凄いんだ。しかも腹巻の利点は動きが全く阻害されない事だ。

一言で言って感動だ！

ただかなり汚れているので、念の為にアルコール消毒もしっかりとしておこう。

以前の持ち主は引退したとの事なので結構年齢は上だったのかもしれないけど、おっさんが肌身離さず身につけていたかと思うと少し微妙な気分になってしまう。心の中では前オーナーは妙齢の美女だった事にしておこうと思う。

正直妙齢の美女がこの腹巻をしているイメージは全く湧かないけど、俺は僅かな可能性に賭けようと思う。

その方が精神衛生上いいに決まってる。

今日購入したマジックポーションとマジック腹巻で明日から俺の探索者ライフは劇的変化を迎える事になるだろう。

その後、ハイテンションのまま家に帰ると今日の晩ご飯はカレーだった。

「母さん、最近なんかカレーが多くない？」

最近晩ご飯のカレー比率が急激に高まっている気がする。

「え？　嫌だった？　じゃあ次はハヤシライスにするわね」

「ルーが違うだけで同じものじゃないか。もっと別のはないの？」

「そうね～じゃあビーフシチューでどうかしら」

「それもほとんど一緒じゃない？」

「いやね～カレーとシチューは別物よ」

それは俺だってカレーとシチューが違う物なのは分かるけど正直材料と作り方は一緒じゃないか。

「何でカレーとかシチューばっかりになったの？」

「それは、作るのが簡単で美味（おい）しいからよ。しかも二日いけたりもするでしょ」

これ母親による堂々の家事サボタージュ宣言ではないのか？

まあ俺はカレーが好きなので問題はないけど、普通（ふつう）の人は週に一回以上のペースでカレーが出て来たら流石に飽（あ）きるんじゃないだろうか。

しかも二日連続の場合もあるので最近二週で三食以上のペースでカレーが出て来ている。

カレーは大好きだけど、このまま続くようならハヤシライスで変化をつけるのもありかもしれない。

§

朝から十六階層に挑（いど）むためにダンジョン前に集合してからダンジョンの中に入って行く。

「今日の俺は、何か違うと思わない？」

「？」

「気付かないかな」

「？？」

「みんな本当に気付いてないの？」

「？？？」

「ほら、装備というか昨日までと全く違うところがあると思わない？」

「いつも通り真っ黒ですよ」

「いや、色じゃなくて」

「あ～分かった。マントの材質を変えたのね」

「いや、違う。そうじゃない」

「もしかして髪を切ったのか？」

「いえ、切っていません」

この人達は鈍いのだろうか？　なんで俺がリュックを持っていない事に気がつかないいんだ？

人って興味のない事にはこんなもんなのか。

ちょっと悲しい。

「ほら、見てよ」

俺はみんなに分かるようくるっとターンをして回って見せた。

「？？？？」

ここまでやっても分からないのか。

「俺、今日荷物持ってないと思わない？」

「ああ、そういえばそうかも。まさか忘れて来たの？」

「お弁当だったら少し分けられるのです」

「もしかしてポーションとかも忘れたのか？」

「違いますよ。忘れてないですよ。ほらこれですよ」

俺は遂にメンバーに対してマジック腹巻をお披露目する。

「海斗さん、それは一体何ですか？」

「それって腹巻？」

「それは海斗的にいけているのか？」

間違いなく腹巻だけどこの反応。

おっさんがレアだと言っていたけど三人が分からないとなると本当にレアアイテムだったのかもしれない。

「これは、あれですよ」

メンバーによく分かるよう俺は腹巻のポケットに手を入れて殺虫剤を取り出して見せた。

「それってまさか」

「そんなタイプあったのですか？」

「初めて見るな」

「ようやく分かってくれましたか？　これマジックストレージですよ。昨日入荷したんで買ったんですよ。良くないですか？」

「悪くはないんじゃない」

「ああ、まあ」

「海斗さんらしいかも」

みんなもっと驚いてくれるかと思ったけど妙に反応が鈍いな。

「ほら、こんな感じで出し入れできるんだよ」

「海斗さんよく見るとそれって四次元」

「まさか猫型」

「ロボットだな」

猫型ロボットって俺もそれは少し思ったけど三人ともそれ？

先入観を与えないようにあえてマジック腹巻とは言わずにマジックストレージとみんなには伝えたのに、やっぱりあのミラクルポケットに見えてしまったらしい。

割と真剣にダンジョンは未来からやって来たのかもしれない。

「これで俺もようやくマジックストレージ持ちですよ。ようやく装備も完全に中級者以上です」

「海斗の場合今まで持ってなかったのが不思議なだけで、元々普通に中級者以上でしょ」

「そうかな。とりあえず低級マジックポーションも四本買って来たんで今日は一日しっかり潜りましょう」

「海斗さん、マジックポーション飲んだ事あるのですか？」

「いや無いよ、今までMPが枯渇するまで潜る事ってそんなになかったし普通に低級ポーションで用足りてたから」

「そうなのですね」

「ヒカリンは飲んだ事あるの？」

「はい、皆さんとパーティを組む前に一度だけ……」

「どうだったの？」

「MPはしっかり回復したのです」

「そうなんだ。味は？」

「正直低級は二度と飲みたくないのです」

「そんなに酷いの？」

「はい、酷いのです。控えめに言って最悪なのです」

確かにダンジョンマーケットの店員さんは中級を推していたけどそんなになのか。

確実に今日一本は飲む事になるだろうから、潜る前からテンションが下がりそうだ。

まあ、酷いと言ってもヒカリンと俺は味覚が違うかもしれない。

俺はそんなにグルメでもないし多分大丈夫だろう。

味より大事なのはダンジョン探索を進める事だ。

順調に十六階層を進み、午前中にマッピングが終わっている昨日の地点まで到達する事が出来た。

昨日同様小鬼も出現したのでシルとベルリアを中心に対応してもらっている。

ルシェも少しは反省したのか今日はここまで暴走はしていない。

「みんな、ここからは初めてのエリアだから敵にも気をつけて進もう」

見る限り昨日のエリアと比べてもフィールド的な変化は見て取れないので、注意を払いながらもどんどん進んでいく。

昨日はここまでで俺のMPが底をついてしまったけど、今日は自分で小鬼を相手にしていない事もあり、まだこのまま行けそうだ。

「ご主人様、この先に敵モンスター四体です」

四体か。この階層では今までで一番数が多い。

「シルも出てくれ。ヒカリン達はフォローを頼む」

四体となると俺とあいりさんがそれぞれ一人で交戦する事になるので後ろからの援護は必須となる。

「ルシェも積極的に頼むな」

「そんな事言われなくてもわかってるって。まかせとけって」

まあルシェがやる気を出してくれれば問題はないだろう。

俺達は臨戦態勢を整えて鬼退治に向かう。

前方に敵が見える。今まで出現した事のないタイプの鬼が四体。

サイズは四体共に大鬼と女鬼の間ぐらいなので結構大きめの人型だが、二体は腕が四本生えており、もう二体は服装が浴衣では無く袴姿なので、より侍のイメージに近い。

「シルとベルリアで四つ腕を頼む。俺とあいりさんで残りの二体を倒しましょう」

四つ腕の方は大小四本の刀を持っているので、何となく俺とあいりさんでは相性が悪い気がしてシル達にまかせる。

ミクとヒカリンの攻撃が合図となり四人ほぼ同時に敵に向かって駆け出す。

ヒカリンの『アースウェイブ』が袴の鬼の一体を捉えた。

ミクはスピットファイアによる火球を三連射して鬼三体を足止めにかかるが、四つ腕は四本の刀を振るい火球を切り飛ばしてしまった。

やはりあの四本の刀は伊達ではないらしい。

俺の相手は火球を前にして刀を持っていない左の拳での正拳突きで火球を消し去ってしまった。

ただの正拳突きのくせにふざけた威力だ。

しかも風か何かを纏っているのか、拳を痛めた様子が全くない。

鬼の意識が火球に集中し、俺から視線が外れた瞬間ナイトブリンガーの効果を発動する。

気配を薄めながら距離を詰め『ドラグナー』の引き金を素早く引いた。

相手の能力がよく分からない以上速攻でけりをつけるのが最善手だ。

気配を薄めた状態から放たれた弾丸は蒼い糸を引いて一直線に鬼の頭を捉えた。

幸先良く鬼の頭を完全に撃ち抜く事ができた。

これであいりさんともう一体に集中出来る。

鬼の頭を撃ち抜いたのを確認した俺は、駆けるスピードを緩めず、そのままあいりさんの後を追おうとするが、後ろからヒカリンの声が聞こえて来た。

「海斗さん、まだなのです！　『ファイアボルト』」

え？

ヒカリンの『ファイアボルト』が先程倒したはずの鬼を捉えた。

「なんで？」

俺が倒した筈の鬼が何故か消滅せずに俺に迫り攻撃をしかけてきていたのをヒカリンの『ファイアボルト』が防いでくれていた。

この鬼、もしかして回復しているのか？　頭を撃ち抜いたのに消滅する事無く動いている。

今までの鬼は回復能力を持っていなかった事を考えると、この鬼は特殊個体か上位個体なのかもしれない。

いずれにしても、完全に消滅するまで攻撃を続けるしかない。頭への攻撃が致命傷にならないとなると心臓か？

俺は再び『ドラグナー』を構え直し、近距離から鬼の心臓に向けて引き金を引いた。

今度は『ドラグナー』の銃弾が鬼の胸部を貫き、胸の真ん中に風穴を開ける事に成功した。

この一撃は確実に心臓を貫いた。流石にしとめただろう。

ただ先程の事もあるので念の為に注意は切らさずに鬼を注視する。

「ガウアアア〜！」

胸に銃弾をくらい心臓を失ったはずの鬼は咆哮を上げ、三度動き始めた。

胸の穴も徐々に閉じているのが見える。

間違いない。この鬼は再生能力持ちだ。赤いミノタウロスやヴァンパイアと同種の能力を持っている。

まずい。もしあの変態ヴァンパイアに匹敵する再生能力を持っているなら俺一人では倒せないかもしれない。

「あいりさん！　こいつ、再生能力持ちです。気をつけてください！」

「分かった！　大丈夫だ！」

あいりさんの事も気になるが、俺の方が問題だ。目の前の鬼に集中する。

『ドラグナー』の一撃が必殺となり得ない以上、ＭＰの残量を考えてもこれ以上は撃つことができない。

俺はマジック腹巻にドラグナーを仕舞い込み、バルザードを両手で構え鬼との距離を詰める。

流石に二撃を放ったので俺の事は認識している。間合いに入った瞬間に正拳突きを放って来た。

幾ら腕が長いと言ってもこの距離は届かない。

そう思った瞬間に俺を衝撃が襲った。

「なんっっ」

風？　いや理力の手袋に近い？

拳が飛んできて間合いの外から一撃入れられてしまった。

間合いはどのぐらいだ？

俺は立て直すために一旦距離を取る。鬼は好機と見たのか俺に向かってラッシュをかけて来た。

飛ぶ拳戟は突き出された拳の直線上のみの様だ。軌道はある程度予測出来るけど、数が多すぎる。

バルザードだけでは防ぎきれない。

『アイスサークル』

ヒカリンの詠唱と同時に俺と鬼の間に氷柱が現れ鬼の攻撃を遮断してくれる。

「海斗、ちんたらしてるんじゃないぞ。負けそうじゃないか。わたしが助けてやろうか？」

「ああ、お願いするよ。ルシェ、頼んだ。助けてください」

「なっ!?　男があっさり助けを求めるんじゃない！」

ルシェ、何て面倒臭い奴なんだ。

助けてやろうかって聞くから素直に助けてくれって言ってみたのにこの対応はどうなんだ。

断っても絶対怒ってただろ。

「ルシエ、とにかく頼んだぞ」

「この腑抜け！　しょうがないから助けてやるよ。燃えてなくなれ！　『破滅の獄炎』」

ルシエの獄炎が鬼を包み込み、そのまま燃え尽きてしまった。

いけたか？　これで倒せたか？

燃え尽きた鬼に視線を向けるが復活する気配はない。どうやら倒せたようだ。

俺以外の三人に目を向けるが、ベルリア以外は既に戦闘を終えていた。

シルは四刀を物ともせず、どうやら一撃で片をつけてしまったようだ。ベルリアも二刀で四刀を凌駕し、よく見ると鬼の腕を斬り落としたのか鬼の腕は既に三本に減っている。

腕が再生していない所を見ると、あの鬼は再生能力を有してないのかもしれない。

見ている側からベルリアの剣速がどんどん上がって行き、俺の眼には四刀以上を振るっている様に見える。

最後は『アクセルブースト』を使い鬼を十字に斬り裂き倒す事に成功した。ベルリアが斬り伏せた敵は復活する事は無くそのまま消滅した。

やはりベルリアの倒した鬼は再生スキルを持ってはいなかったようだ。

「あいりさん、あいりさんの倒した鬼は再生スキル持ちじゃなかったですか？」

「ああ、海斗が言ってた様に再生スキルを持ってたな」

「それじゃあ、どうやって倒したんですか？　俺はルシェに頼ったんですけど」

「海斗、そんなのは常識だろう」

「常識ですか？」

「ああ、鬼の常識だ」

「鬼の常識ですか？」

「ああ、だから鬼烈の刀の常識だ」

また鬼烈の刀か？　見てない俺に作中の常識を言われても困る。

「どうすればいいんですか？」

「ああ、それは、倒せない鬼は首を落とせばいいだけだ」

「首を落とせば倒せるんですか？」

「ああ、常識だろう」

「知りませんでした。初耳です」

頭も心臓も効果無かったけど、首を落とせば良かったのか。

ルシェの攻撃は首も何も関係無く全部焼いてしまったから倒せたのか。

鬼烈の刀の作中にある鬼の首を落とせば消滅するという設定は実際のダンジョンから引用したのかもしれない。

だからこの階層の鬼も設定と同じく首を落とせば消滅するのではないだろうか。

鬼烈の刀恐るべし。

俺達はその後もう一度鬼との戦闘に入ってからお昼ご飯を取る事にした。

「それじゃあ、ご飯にしようか。それと俺のMPがそろそろヤバイから低級マジックポーションも飲んでおこうと思う」

「海斗さん、アドバイスです。ご飯の前に飲んでください」

「マジックポーションって飲用は食前にとかってあったっけ」

「悪い事は言いません。ご飯の前がいいのです」

「そう。ヒカリンがそこまで言うならそうしようかな」

俺はマジック腹巻から低級マジックポーションを取り出して開封する。

マジックポーションは初めてなので、好奇心でテンションが上がる。

俺は瓶に口をつけて一気に飲み込む。

「グ、グハッ」

およそ俺の口から出たと思えないような声と共に咽せてしまう。

な、なんだこの味は！

漢方を極限まで煮詰めて、更にそこに苦味を加え、とどめとして刺激を足した様な味。

信じられないほどに不味い。いや、そもそも飲んでいいものなのか？

もしかしてこれは毒⁉　そう思わせるような味だ。

これは決して興味本位で飲んではいけないものだ。

店員さんとヒカリンの言っていたことが飲んで初めて理解出来た。

これは売れない！

ステータスを見るときっちりMPが50回復していたので効果は問題無い。ただこの味に耐えられる人はそう多くないだろう。

「海斗、大丈夫なの？」

「つっ……くっ、大丈夫じゃない」

「そんなに不味いの？」

「滅茶苦茶不味い」

「そう。私は機会があれば中級にしておくわ」

「うん、お金があればそれがいいと思う」

ただ庶民の俺にはこれしか選択肢はない。中級は頻繁に飲むには高すぎる。

苦痛に耐えなんとか一本を飲み切った。だけど低級マジックポーションは、まだ三本ある。

今後最低でも三本は飲まなければならない。

このままじゃ無理だ。となると味変するしかないけど、砂糖はおそらく意味がない。

これ程強烈で濃い味なので、砂糖を入れても本質的な味が変わるとは思えない。

であれば何かで割るか？

大人がお酒を飲む時にやってるソーダ割とかはどうだ？

飲み口が爽やかになったりしないだろうか？

この苦味と煮詰まり感が少しは薄まる気はするけど割った分だけ量が増える。しかも炭酸が胃を圧迫しそうだ。

試す価値は有るけど望みは薄い気がする。

おそらくジュースで割るのも大差ないだろう。

それにしても不味さで舌が麻痺してしまいそうだ。

「海斗さん、早くご飯を食べましょう。それしかないのです」

ああ、それで食前を勧めてくれたのか。

俺は買って来た焼きそばパンに急いで口をつける。

「ヒカリン、せっかく勧めてもらったけどダメかも。味が分からない」

舌がマジックポーションの味に浸食(しんしょく)されてしまい、焼きそばパンの味がよく分からない。

鼻も麻痺しているのか、ソースの香りもよく分からない。

ヒカリンは口直しの意味で食前を勧めてくれたのだろう。だけど折角(せっかく)の昼飯が全く味わえない事を考えると寧(むし)ろ食後に飲んだ方が良かったんじゃないだろうか？

「ヒカリン、前飲んだ時はどのくらいで味覚が戻ったんだ？」

「およそ一時間なのです」

「そんなにか」

一時間も味覚がやられるのか。

あまりの不味さに戦いにも影響が出てしまいそうだし飲むとしたらお昼休憩(きゅうけい)のこの時間しかないな。

「ヒカリンはその一回しか飲んだ事ないのか？」

「私は一回と言うよりも半分しか飲めなかったのです。それ以来トラウマ気味なのです」

「全部飲みきれなかったのか」

以前低級ポーションの飲み過ぎの時も少し健康被害(ひがい)が頭をよぎったけど、この低級マジックポーションもかなりのものだ。

良薬口に苦しなんていう言葉もあるが、これは良薬口に苦すぎる。

MPの回復と引き換えに何かを無くしてそうで怖い。

取り敢えず明日はコーラで割ってみようと思う。

パンを食べ終えてもまだ口の中に苦味と刺激が残っている。だけどいつまでも休憩しているわけにもいかず、探索を開始する。

この先は先程出現した鬼と同種の回復スキルを持った鬼が出る可能性も考慮して対応を脳内で反芻する。

ダンジョンを進んで行くと次第にフィールドが変化を見せた。

ダンジョンの側面がまるで日本家屋の壁のような造りに変化し、床も石畳のようなものへと変化してくる。

普段のダンジョンはどちらかといえば洋風というか遺跡っぽいイメージが強いけど今のこの風景は完全に和風テイストに近づいて来ている。

この辺りはダンジョンの不思議としか言いようがないけど、同じ景色をずっと繰り返すと精神的にも疲労が増すのでこの方が有難い。

「雰囲気的に出そうですね」

「雰囲気で出るもんじゃないけどね」

「まあ、そうだけど」

　女性陣は壮大なごっこ遊びをするくせに、こういう所だけ妙に現実的だな。

　男の方が雰囲気に流されやすいのだろうか？

「そういえば、ベルリア、鬼って何となく日本で言う所の悪魔に近いイメージなんだけど、鬼と悪魔って同じ種族だったりするのか？」

「マイロード、流石にそれはありません。私とあの鬼を同種扱いするとは心外です。全く違います」

「そうなのか？」

「おい、海斗、ふざけたこと言ってると本気で燃やすぞ！　あんな低級なのと一緒にするな。天使と悪魔ぐらい全く違う存在だ！　次同じ事を言ったら命はないものと思え！」

「あぁ、そうなんだ。なんかごめん」

　何の気なしに聞いた一言だったが、ベルリアとルシェの気に障ったようだ。

　俺からするとイメージ的に近縁のような気がしていたけど、この反応を見ると違うらしい。今度からは気をつけようと思う。

「ご主人様、前方に敵です。五体いるようなので注意して下さい」

昼ごはんを食べてすぐに五体。結構ハードだけど、モンスターが俺達の都合に合わせて出てくる事は望めないのでしっかり集中して臨む。

「数が多い。シルもルシェも最初から行ってくれ。あの回復スキル持ちがいたら二人が優先して当たって欲しい」

敵は五体。シルとルシェを合わせて、こちらも前衛に五人で同数だ。確実に自分の相手は倒さなければならない。

すぐに敵の姿を捉えることが出来た。五体共が袴を穿いているが、よく見るとそれぞれ手にしている武器が違う。

俺は一刀使いの敵をターゲットに駆けるが、事前にナイトブリンガーと魔氷剣は発動済みだ。

こいつら袴を穿いているという事は先ほどの再生スキル持ちと同種の可能性がある。であれば狙うは首の一択。

スナッチが先行し、ミクとヒカリンが後方から援護射撃をしてくれる。

スナッチが鬼達の前を横切りながら『ヘッジホッグ』を発動し機先を制する。

動きを止めた鬼の一体に向けミクの放った火球が襲い掛かるが、手に持つ刀を振るうと氷の刃が発生してミクの火球を打ち落とした。

こいつは、氷の刀使いか。

俺と丸被(かぶ)りじゃないか。でもこいつの刀よりも俺の魔氷剣の方が優(すぐ)れているはずだ。

俺は、自分の位置を少しでも悟(さと)らせないために、意図的に攻撃を控えて攻撃はミクを信じ駆ける事に集中する。

魔氷剣の届く位置まで一気に駆け剣を一閃(いっせん)するが、あっさりと躱(かわ)されてしまった。

気配を読まれた！　敵に自分の姿がどの程度認識されているのか、自分では分からないのが辛(つら)い。

追撃(ついげき)の為、俺は理力の手袋で鬼の手首を掴(つか)んで動きを固定してから斬りかかった。

固定出来たのは一瞬(いっしゅん)だけど、それで十分だ。俺の一撃は、鬼の肩口(かたぐち)を捉えて抉(えぐ)る事に成功した。

ダメージを与えたにもかかわらず鬼は怯(ひる)む事なくすぐに斬り返して来た。

速い！

俺も咄嗟(とっさ)に魔氷剣を振るい鬼の一撃を食い止める。

受け止め交わっている鬼の刃の部分から冷気が吹(ふ)き出す。

先程見た氷の刃の能力だろうが、こちらも氷の刃だ。この攻撃は効かない。

力では劣(おと)るので必死に押(お)し返す。

「おあっ！」

押し返すために強く握った魔氷剣を持つ手が急速に冷たくなって来た。

嘘だろ？

魔氷剣を持つ手が冷たいと感じたことは無い。それなのに持ち手が急激に冷えて来た。

明らかに斬り結んでいる相手の刀による影響を受け始めている。

自分の発現させた氷は大丈夫で敵の能力による氷はダメって一体どんな理屈なんだ。

いずれにしてもヤバイ。

このままでは俺の手が凍傷になってしまう。

「ミク！　援護を頼む！」

俺はミクに援護射撃を頼み、火球が着弾すると同時に後ろに下がり一旦離脱した。

手が、俺の手が、かじかんで感覚が無くなっている。そのせいで剣を握る力が入らない。

このままではまずい。

俺はどうにか『ドラグナー』を手に取り、無理やり指を動かし引き金を引く。

蒼い糸を引いた弾丸が鬼の頭部を捉える。

頭部にダメージを与えても消滅する気配は無いのでやはりこの鬼も再生スキルを持っているらしい。

鬼の動きが止まっている間に更に後ろに下がり態勢を整えるが、手にはまだうまく力が入らない。

どうする？

完全に手詰まりだ。他のメンバーも全員交戦中なので前線でのフォローは望めない。

剣を振るっても今の手の状態では首を断ち切る事は難しそうだ。

「シル、ルシールを召喚してくれ！　あいりさんの下へ行かせてくれ！」

「ご主人様は大丈夫ですか？」

「ああ、なんとかいける」

俺も余裕はないけど、あいりさんも単独でやり合っているので苦戦しているのが見える。

俺は自分の相手をとにかく倒す。

そうしてる間にも鬼が動き始めようとしていたので再び『ドラグナー』を構えて狙いを定める。

狙うは頭。

『愚者の一撃』

俺にとっての奥の手とも言うべき必殺の一撃を『ドラグナー』の銃弾にのせて放つ。

普段よりも強い光を放った銃弾が放たれたと同時に着弾し、鬼の頭を吹き飛ばした。

『愚者の一撃』は鬼の頭ごと上半身の一部をも吹き飛ばして、そのまま消滅に追いやった。

やはり首を切断しなくても強力な一撃で首ごと頭部を破壊すれば有効らしい。

鬼の消滅の直後『愚者の一撃』の発動による反動で急激な疲労感が襲ってくる。

急いでHPを確認すると8まで減少していたのですぐにマジック腹巻から低級ポーションを取り出して、一気に飲み干す。

マジックポーションに比べると全然いけるけど低級ポーションも美味しくはない。

マジックポーションの影響で味覚が完全には戻っていないはずなのにしっかりと味を認識出来てしまうのはポーションの不思議としか言いようがない。

体力が回復するのを待ちながら周囲の状況を確認する。

シルは当然の如く勝利を収めており、ルシェはボロボロになった敵に向かって獄炎を放ったところだ。おそらくこれで終わりだろう。

残るはベルリアとあいりさんだが、あいりさんにはルシールが付いているし、圧倒しているのが見て取れるので問題ないだろう。

ベルリアの相手は二刀使いでお互いに斬り結んでいるが、相手の刀が風を纏っているのが見える。その効果に通常の剣を使用しているベルリアは少し手こずっている様だ。

単純に剣の重さも刀の方が軽く、敵にアドバンテージがありそうだし武器の性能差が大きいのかもしれない。残念だけどこればかりはベルリアの技量に期待するしかない。

鬼が魔刀をドロップしてくれれば今度こそベルリアに使わせてあげようとは思う。

「ミク、ヒカリン、二人でベルリアのフォローを頼む！」

俺もベルリアのフォローの為に、鬼に向かってバルザードの斬撃を飛ばす。

ミクがスピットファイアで炎弾、ヒカリンが炎雷を放ち、俺の放った斬撃と続け様に命中した。

鬼が動きを止めた一瞬を狙ってベルリアが二刀でアクセルブーストを使い一気にけりをつける。

二刀を同時に振るい鬼の首を落とした。

あいりさんもルシールと連携して鬼を倒す事に成功したようで無事に五体の鬼を消滅させた。

「倒せて良かった。でも俺は結構やばかったよ」

「海斗さん、もしかして『愚者の一撃』を使ってませんでしたか？」

「うん、そう。敵の冷気でバルザード越しに手がかじかんで剣が上手く振れなくなってしまったんだ。それで仕方なくね」

「海斗さん、魔氷剣も使ってましたよね」

「そうだけど」

「魔氷剣を使ってたのに冷気で手をやられてしまったのですか？」

「うん、俺も大丈夫だと思ってたんだけどダメだったみたい」

今回の苦戦は俺の認識ミスが大きい。

勝手に魔氷剣には同種の攻撃が無効だと思い込んでいたけど、実際には普通にダメージを受けてしまった。

今後は氷の刀を使う鬼とは、直接斬り結ぶ事は避けなければいけない。

「次からは正面からやり合うのは極力避けるよ」

「そうですね。それがいいのです」

やはり俺の本質はモブ。

格好をつけて主人公の様に正面から立ち回るのは向いていないのかもしれない。

こそっと近づいて死角から刺すスタイルが俺のパターンだ。

ただこの階層では敵のレベルが上がったせいか気配を察知されている感じだし、隠密戦法が使いづらいのも事実だ。

二人で組んで戦う時は何とかなりそうだけど、一対一だと厳しい。

「おい、海斗『愚者の一撃』を使うぐらいだったら最初からわたしに頼れ！」

「え？　どういう意味？　ルシェが俺の分も頑張ってくれるって事か？」

「ああ、頑張ってやるよ。どうせHPを消費するなら、わたしが消費してやるからさっさと『暴食の美姫』を使えって」

「あぁ……そういう事か。うん大丈夫、間に合ってるから」

「間に合ってるってどういう意味だ」

「うん、大丈夫、少しでも期待した俺が馬鹿だった。もういいよ」

「いや、よくない。海斗の『愚者の一撃』よりもわたしの『暴食の美姫』の方が圧倒的に上だろ！　しかも燃費も上だ！」

ルシェ、人のHPを燃費って言うな。

お前に吸い取られる感覚が我慢できないんだよ。

しかも毎回毎回俺の命を弄んでくれるから、絶対に使ってやらない。

『愚者の一撃』はHPを消費するけど俺の意思で発動しているんだ。

ルシェに完全依存する『暴食の美姫』とは全く異なる。

「うん、本当にダイジョウブダカラ」

「くっ……バカにしてるんだな！」

バカになんかしてないよ。嫌なだけだから。

いずれにしても先程の戦闘はそれなりに消耗が大きかったのは間違いない。

俺はHPが尽きてポーションを使い、シルにはルシールを喚び出してもらったのでMPを普段以上に使わせてしまった。

いざとなればシルにもマジックポーションを飲ますという手もあるけど極力それは避けたい。

幼女にあれを飲ますのは罪悪感から気が引けてしまう。

ルシェに飲ませるのは、ある意味ありだと思ってしまうがシルには出来ない。

「ミク、さっきの戦闘なんだけど。スナッチにもっと攪乱してもらった方がいい気がする」

「そうね。それは私も分かってる。『ヘッジホッグ』にしても『フラッシュボム』にしても使い所が難しくて。私が自分に集中してしまってスナッチの事まで見切れていないのが原因なのよ」

「先制させた後はスナッチに自由に戦ってもらうよう指示しておくのもありじゃないかな」

「そうね。次はやってみるわ」

「敵の数が多いと結構苦戦するからスナッチが活躍してくれると助かる」

スナッチの初期スキルの『かまいたち』だけでは、この階層の鬼相手ではきついけど『へッジホッグ』や『フラッシュボム』なら十分に通用すると思う。

シルやルシェの様に完全に自分の意思で動くタイプでは無いのでそれだけミクの負担が増えてしまう。

ただ今後の探索にはスナッチの活躍も欠かせない。多少でもスナッチが自分で動いてくれれば戦況は変わる。

俺は、マジックポーションに加え低級ポーションも飲んだおかげでMPは全快したけど、疲労感は残る。

やっぱりポーションがあったとしても十六階層の戦闘はかなり厳しく精神力が削られる。

ダンジョンでの探索は、ほとんどが無駄の積み重ね。トライアンドエラーの繰り返しだ。

初めてのエリアを進む場合、最終的には唯一つの正解ルートをマッピングすることになるけど、それまでに回った他のルートは基本的に全て無駄足となる。

つまりは、ダンジョン探索とはルートを見つける作業というよりもルートを潰していく作業にほとんどの時間を追われているといっても過言じゃない。

行き止まっては戻ってマッピングするの繰り返し作業なので、効率よく進めている時はそれ程疲労を感じないけど上手く先に進めない時は、想像以上に徒労感と共に神経が磨耗して行く。

まさに今はその状態に陥っている。

マッピングは進まないのに敵は強くなり交戦の度に消耗していっている状態だ。

「ヒカリン、最近何か変わった事とかあった？」

「特にないのです。あ、でも今朝あいりさんに鬼烈の刀ブルーレイＢＯＸを借りたのです」

「あいりさんブルーレイＢＯＸ持ってたんだ」

「良かったら次見ますか？」

「あ～俺はいいや。家にブルーレイプレイヤーがないから。家は未だにＤＶＤなんだ」

「そうなのですか。残念ですね。見ると絶対にダンジョンでのテンションが上がるのです」

「そんなもんかな」

「鬼の秘密満載なのです。絶対戦闘にも役立つ事間違いなしなのです。コホッ」

「ヒカリン、風邪まだ治らないの？」

「大丈夫なのです。ほんの少しだけ喉がイガイガするだけなのです」

「そう、それならいいけど、早めに風邪薬か何か飲んだ方がいいよ」

以前の階層はジメジメ湿っていたりもしたけど十六階層は乾燥気味なのでそのせいもあるのかもしれない。

「ご主人様、ご準備お願いします。敵モンスター三体です」

「それじゃあ、ベルリアとシルが一体ずつで、俺とあいりさんでもう一体を。ミク、言ってたようにスナッチを攻撃参加の指示を」

数が三体だけなので、先程よりも戦い易いはずだ。

先に進んで行くと袴の鬼が二体とあれは……蜘蛛？　いや鬼？

背中から蜘蛛の脚が生えているけど、頭には角もしっかり生えているので鬼蜘蛛だろうか。

「どうする？」

「ご主人様、私はあれ以外がいいです。虫っぽくって嫌です」

「じゃあ、あれはベルリア頼んだぞ！」

「マイロード、お任せください」

鬼蜘蛛をベルリアに任せて俺達は袴の二体へと向かうが、俺達に先駆けてスナッチが前線に飛び出した。

スナッチが三体の鬼の前をスピードに乗って横切ると同時に『ヘッジホッグ』を放つ。

無数の鉄のニードルが三体の鬼を襲う。

致命傷とはならないが、鬼とはいえ鉄のニードルを全身に受けて痛みを感じないはずはない。初手でかなりのダメージを与える事に成功した様だ。

これで鬼の出足は完全に鈍った。あいりさんに先行してもらい俺はあいりさんの背後につき身を隠す様に走る。

『ヘッジホッグ』により刺さったニードルは再生スキルの影響を受けないらしく刺さったままになっており、継続的にダメージを与えている様に見える。

確かに再生スキルは傷に対しては効果を発揮するのだろう。

ただ刺さって埋まった異物に対しては、干渉する事が出来ずに効果が薄いのかも知れない。

スナッチはそのままベルリアのフォローにまわり、鬼蜘蛛の前まで駆け『かまいたち』を発動して蜘蛛の脚を二本落としてから後方へと素早く退避した。

ここのところ出番が無く影の薄かったスナッチだが、ミクの指示に従い十分に戦力になるところを見せつけてくれた。

あいりさんが動きの鈍った鬼に向かって攻撃をかける。

俺は、あいりさんの背後から飛び出し加速して鬼の背後へと回り込む。

あいりさんが鬼の意識を前方に引いてくれているので背中はガラ空きだ。

とにかく無音。

派手さは必要無い。

素早く動き、一気にしとめる。

背後から無音で距離を詰めガラ空きの首に向かってバルザードを一閃する。

俺が目立つ必要は無い。他のメンバーが輝きを放てば放つ程俺は目立たずに一撃を放てる。

俺は英雄になりたい。

英雄とは陽の極地。

あの葛城隊長がそうであったように人々の希望。

本来、主役だ。

幼いころに憧れたその姿に追いつけるよう。

春香にも心配をかけることが無いよう。

再び春香を泣かせることが無いように。

そんなモブには不相応な願望を叶えるべくバルザードを振るう。

俺は隠キャではないけど、俺の戦闘の本質は隠。隙をつく攻撃が一番力を発揮できる気がする。

正直戦闘時のアサシン化が進むのは避けたいけど、人間の本質はそう変わる物では無い。

あれ程苦戦した鬼にも陰からの攻撃であっさりと首を刈り取り勝利してしまった。

嬉しい反面、複雑だ。

あいりさんはどう考えても主役。

ミクとヒカリンも端役にはなり得ないだろう。

俺は、端役？　それとも陰で動いて画面には出て来ない黒子？

俺が光り輝く陽の極地に到達するイメージは残念ながら湧かない。

是非ともアニメ制作会社には、陰の者が主役の大ヒットアニメを生み出してもらいたい。

世の中の英雄像にアサシンやこっそり背後からとどめを決めるキャラクターが加わるべく頑張っていただきたい。

俺が主役を張れるならそっちの方が可能性がある。

是非アニメーターの方々には既存の常識、概念を覆す様な世界的ヒット作を生み出して頂きたい。

英雄とは陰の極地だというイメージを世界に刷り込んでもらいたい。

とにかく眼前の鬼を倒したので他の二人を確認すると、いつも通りの展開が繰り広げられていた。シルは必殺の一撃であっさりと鬼を退けていた。

高火力こそ正義というのをまざまざと見せつけてくれているので頼もしい限りだ。

一方ベルリアの方は思った以上に苦戦している。

スナッチの『かまいたち』で脚が落ちたので、鬼蜘蛛の脚はあまり強度がないのかと思ったけど、そうではなかったらしい。

たまたま関節部分の弱い箇所にヒットしただけだったのか、普通にベルリアによる剣戟を脚で防いでいる。

二本少なくなっているとはいえ、ほぼ前面の全てをカバーしているので攻撃が通っていない。

四本腕の鬼を上回る手数を前にベルリアも守勢に回っている。

前面は鉄壁。

だけど背面はガラ空きだ。

これは俺か？　俺の出番だよな。

俺は再び無となる。

そして影となり、こっそり鬼蜘蛛の背後を目指して歩を進める。

決して足音を立ててはならない。

決して気取られてはならない。

速さよりも無音を優先する。

鬼蜘蛛はベルリアに気を取られてこちらには全く意識を向けていない。

しかも都合よく、剣と蜘蛛脚が触れるたびに金属音が響き渡って、俺の移動音を完全にかき消してくれている。

スルスルと鬼蜘蛛に近づいて行きその距離はおよそ四メートル。あと少しで俺の間合いに入る。

周りのメンバーも俺の意図を把握しているのか、俺の行動を妨げる様な動きは誰も見せない。

そのままの姿勢を保ちながら間合いをゆっくりと詰めて行く。

あと二メートル。

手を伸ばせば届く寸前の距離。

飛び込めば間合いに入る距離だが、俺はそのままの足運びで鬼蜘蛛との距離をもう五十センチ詰めた。

そして一歩踏み出すと同時にそのまま無言でバルザードを横に一振りして鬼蜘蛛の首を落とす事に成功した。

「海斗さん、影度が上がりましたね」

これは褒め言葉なのか？

しかも影度って初めて聞いたけどそんなのあるの？

余計なMPを消費する事なく、静かに戦闘は終了したけど、俺は誰に悟られる事も無く密かに消耗していた。

この影度高めでの戦闘は地味に神経をすり減らし、思いの外疲れてしまう。

これは俺が完全なる陰キャではなく、ただの地味キャラだからかもしれない。

この戦闘で、ある意味吹っ切れたというか、方向性が見えた気がした。その後の戦闘で人数的なアドバンテージがある時はしとめ役に徹して進んだ。

お陰でMPの消費はかなり抑えられる事となり、あいりさんが矢面に立つ事が増えたものの、戦闘があっさりと終了する事も増えた。結果としてあいりさんの負担も減り効率の良い状態を保つことが出来ている。

そしてそれは俺の仕事人化が進んでいる事を示しており、メンバーからお褒めの言葉を頂く事となった。

「影度が上がった上に職人らしくなって来たのです。正に仕事人です。後は武器を暗器にさえ変えればいいのです」

うん、ヒカリン、俺は別に本当の仕事人を目指している訳では無いから、今の武器のままでいい。

その後夕方までに数度の戦闘を経て今日の探索を終了した。

「それじゃあまた明日」

俺はみんなと別れてから、すぐには帰らずにホームセンターへ向かい手芸コーナーを探した。

「あった。これか」

俺が手に取ったのは衣類の黒染め。

今日の探索で俺の戦闘スタイルを再確認した。ブーツ以外全身黒で統一された俺の装備の中で新しく購入したマジック腹巻だけが白い。

そもそもユーズドなので真っ白ではないけど白いことには変わりはない。

サイズを調整して鎧の下に装着することもあるけど、戦闘中にポーションを素早く取り出すためには鎧の上から装備する方がいい。ただその場合は白色がやたらと目立つ。

目立つと認識される可能性が上がってしまう。それに気がついた俺はマジック腹巻を真っ黒に染め上げることを思いついた。

黒染めの箱に書かれている説明文を読んでみると、水に溶いた黒染めに漬け込むだけと非常に簡単な物だった。

おっさんにも言われたけど間違っても口の部分は水の中に漬け込む訳にはいかないので、ゴム手袋も一緒に購入した。

家に帰ってすぐに準備を始め、まずはゴム手袋をして手に持った状態で腹巻の口に水が入らない様に固定し真っ黒な水の中に一時間程漬け込む。

しっかりと漬け込んだ後は一緒に買っておいた色止めという物を使って仕上げをしてから取り出した。

「完璧だな」

取り出したマジック腹巻は完全に白色から真っ黒なマジック腹巻に変わっていた。後は干すだけだ。

このままぶら下げると床が惨事になりそうなので入浴後、風呂場の衣類乾燥のスイッチを入れ、吊るして朝まで放って置くことにした。

朝目が覚めると同時に即マジック腹巻を確認しに浴室へ向かった。

「おおっ！」

そこには真っ黒に彩られたマジック腹巻がしっかりと乾燥された状態でぶら下がっていた。

浴室の床が垂れた滴で真っ黒になっていたのでしっかりと洗い流しておいた。

黒いマジック腹巻を手に取って装着してみると、昨日までとは全く違う。

完全に黒い。

これは昨日までのネコ型ロボットを彷彿させる腹巻ではなくなっている。

むしろ黒くなってカッコイイ。

恐らく十人いれば四人ぐらいはカッコいい、欲しいと言ってくれるレベルの腹巻に生まれ変わった。

俺の装備にも違和感無く溶け込む感じだし昨日まで漂っていたユーズド感が全くと言っていいほど無くなっている。

まさに俺によるオリジナルリメイクカスタマイズを経て新生したと言っても過言ではないだろう。

手を突っ込んで確認してみるが、機能も問題なさそうだ。

俺は新生黒いマジック腹巻を装着して意気揚々とみんなと合流した。

「どう思う?」

「何が?」

「いや、これだよ」

「え?　何?」

「いや、これだって」

「もしかして黒い腹巻を買い直したの？」

「いやぁ、昨日帰ってから自分で染めたんだよ」

「えっ、自分で染めたの？　海斗って結構マメね」

「でも、随分良くなったのです」

「黒の装備に違和感なくなったな」

「そうでしょう」

「まあ、元のが酷すぎたから、良かったんじゃない」

「ミク、その言い方」

俺の選択は間違っていなかった様だけど、昨日までの腹巻の評価が低すぎないだろうか。

昨日もしっかり活躍してくれていたと思うけど。

§

前日同様にマッピングした所までは午前中のうちに到達する事が出来たので今は新しいエリアを探索している。

昨日よりも、同じ時間で到達できる距離が伸びていることを考えると順調といえる。

ただ、階が進むごとに敵が強くなっているだけではなく、明らかにダンジョンの分岐する数が増えている。

別にゲームでは無いのだから下の階層程難易度が上がる必要など無いはずだけど、確実に難度が上がっていっている。

シルやルシェの居ない他のパーティが探索を進めている事を考えると頭が下がる思いだ。

「今どの辺りまで来てるかわかる？」

「う〜ん多分だけど三分の一くらいまでは来てるんじゃないかな」

「じゃあ、結構順調なのね」

「やっぱり連続で長時間潜れてるから、普段の探索より効率は上がってる気がする」

「じゃあ春休みの間に十七階層まで行けそう？」

「実質あと三日無いからちょっと無理かも」

今の俺達の一番の目的は霊薬の入手。

階層を越える事が最優先ではないけど、通常のモンスターが霊薬をドロップするとは考え難いし必然的にエリアボスかそれに準じる様なレアモンスターを目的にする必要がある。

階層を越える際に現れる階層主は現在の所最優先事項だ。

ただ各階層に一体しか現れない階層主を当てにするのも正直不安は残る。

ヒカリンも今は問題ない様に見えるしまだ時間的な余裕はあると思うけど仮に二十階層まで行けたとしても単純計算でチャンスは後四回しか無い事になる。

これについてはシルの言っていた因果の調べという不確かな物に期待するしかない。

「ご主人様、敵モンスターが四体います。ご準備をお願いします」

「それじゃあ、さっきと同じ四人で当たるぞ。残りのメンバーはしっかりフォローを頼んだ」

先に進んでいくと、そこにいたのは和風を思わせるフィールドには似つかわしくない西洋鎧を装備した鬼が四体群れていた。

見るからに防御力が高そうな鎧を装備しているけど、問題は鬼の首にあたる部分までしっかりと鎧で守られている事だ。

「あれって、再生しないのかな。どうすればいいんだ？」

兜をかぶっていないだけマシなのかもしれないけど、剣がスムーズに通るとは思えない。

「転ばせてから集中攻撃じゃない？」

「ああ、重そうだからな、案外鈍いかもしれない」

「氷漬けなのです」

やってみるしかない。

スナッチが前線に駆けて行き『ヘッジホッグ』を放つが鉄のニードルは鎧によって完全に弾かれてしまった。

あの鎧は見掛け倒しなんてことはなく、見た目通りの防御力を誇っているらしい。

スナッチの攻撃力は完全に封じ込められてしまい、俺達の先制攻撃は失敗に終わった。

動きが鈍い事を期待して前に出るがこちらを認識した四体が動き出す。だめだ。普通に素早い。

鬼の身体能力は鎧の重さをものともしない様だ。

ミクが火球を放つが『ヘッジホッグ』同様効果が薄い。

隠れる場所も無く、俺も向かって来る鬼と正面から交戦する事となる。

既に魔氷剣を発動しているが、相手の武器は今までの鬼のように刀ではなくグレートソードに近い得物だ。

武器の有効距離では完全に負けている。タイミングを計って思い切って踏み込むしか無いけど、正面からあれを掻い潜るのはかなり怖い。

バルザードの斬撃を飛ばし牽制しつつ自分のタイミングで距離を詰める。

鬼の腕の長さと合わせると相手の射程は三メートルを優に超える。

敵の間合いに踏み込んだ瞬間、鬼の剣が俺に向かって振るわれた。

グレートソードの一撃は刀よりは遅い。

この一撃は予測できた物なのでしっかりと剣筋を見極めて回避する。

回避と同時に再び前に踏み込むが、まだ間合いが遠い。

もう一歩踏み込もうとするが、避けたグレートソードが再度俺に向かって襲ってくる。

完全に間合いに踏み込んでしまっているので後方に回避する事は不可能だ。

躱すのを諦め魔氷剣で攻撃を防ぐが、相手のグレートソードを受けた瞬間俺の身体ごと持っていかれ弾き飛ばされてしまった。

「〜っつ」

相手の攻撃は上手く防げたけど鬼の膂力と剣の威力が俺の耐えられる力を大きく超えてしまっていた。

相手の剣を受け止めいなして、そのまま首に魔氷剣を叩き込むつもりだったけど完全に予定が狂ってしまった。

すぐに起き上がって、敵の追撃に備える。

既に鬼は目の前へと迫っており、俺は距離を取るために後方に駆ける。

残念ながら正面からの斬り合いでは分が悪い。

「ヒカリン、フォローを！」

ヒカリンの『アイスサークル』を期待して声をかけるが援護がない。

ヒカリンの方に目をやるが、あいりさんのフォローに入っているため、こちらまで手が回らない様だ。

恐らくあいりさんも苦戦しているのだろう。

「私がフォローするわ」

ヒカリンの代わりにミクから返事があり火球が飛んでくるが、鎧に阻まれて効果が薄い。

こうなったらまたあれか？

でも、あれはそうそう連発する様なスキルじゃないし。

俺は選択を迷いながら移動を続けるが、決定的な打開策を思いつかない。

「スナッチ、お願い！」

再びミクの声がした直後、大きな光の弾が鬼に向かって放たれ、鬼の胸の部分に大きな穴を開けた。

どうやらスナッチが『フラッシュボム』を発動した様だ。

『フラッシュボム』により完全に動きの止まった鬼に向かって、そのまま首を狙い魔氷剣を振るう。

首も鎧で覆われているので通常攻撃では難しい。

魔氷剣が鎧に触れる瞬間に切断のイメージをのせる。

少しの抵抗を感じながら魔氷剣は鎧を裂き鬼の首を落とす事に成功した。

スナッチのお陰でなんとか倒す事は出来たけどかなり危なかった。

それにまだ終わっていない。

他のメンバーの戦況を確認する。シルは鎧程度を問題にするはずも無く相手を倒していた。ただベルリアにとっては鎧ごと鬼を切断する事は容易では無かったようだ。

結局痺れを切らしたルシエがとどめをさしたらしい。

問題はあいりさんだ。鬼の武器と薙刀の間合いがほぼ同じの為、少し遠い間合いからお互いに牽制しあって倒せてはいない。

ヒカリンも魔法でフォローはしているものの致命傷を与えるには至っていない。

俺はすぐさまナイトブリンガーの効果を発動してあいりさんが交戦している鬼の背後を目指す。

視界に入るのを避けながら、大きく迂回して後方十メートルの位置につける。

俺の意図を理解したヒカリンとミクが鬼の意識を前方に集中させる為に攻撃を連発する。

焦りは禁物だ。

ふ～っ。

はやる気持ちを抑えて、無音で近付いていく。

二秒も走れば詰められる距離だけど、音を立てずに忍び寄る十メートルは思った以上に遠い。

一メートル近づく毎にプレッシャーが増大していく。

徐々に増大していくプレッシャーは、剣の届く距離の一歩手前で最大化される。

喉が渇く。

バルザードをゆっくりと構えて素早く振り切り、後方から鬼の首を落とす。

「ふ〜。疲れた〜」

やっぱりこのやり方が一番有効だけど、かなり疲れるな。

全ての戦闘をこれでやり通すには相当な精神力が必要とされる。俺にはまだ無理かもしれない。

「ミク、スナッチ、助かったよ」

「スナッチが頑張ってくれたのよ」

「でも予想外だったな。侍みたいなのばっかりかと思ったら今度は鎧姿の騎士みたいなのが出てくるんだから」

「私とヒカリンの攻撃が効かないのはきついわね」

「ヒカリンも次あれが出て来たら直接攻撃より『アースウェイブ』か『アイスサークル』で動きを限定してもらった方がいいと思う」

「分かったのです」

「それと、あいつらは俺一人だと正直厳しい。あいりさんかベルリアと組んで戦った方がいいと思う。ツーマンセルで引き付けてもらって俺が背後からとどめをさすのがいいと思う」

「ああ、そうだな。その方がいいだろう」

「数が多いときは、数を減らせるまではミク、ヒカリン、スナッチで足止めをお願いする事になると思う」

相手にもよるけどさっきの鎧の奴は正面からまともに当たるには硬すぎる。

最悪『愚者の一撃』を放てばどうにか出来るとは思うけど、それは消耗が激しすぎる。

そこからは、戦い方を考え、シルとルシェにも積極的に攻撃参加をしてもらい進むことにする。

「ヒカリン『アイスサークル』を頼む！　ルシェは、右端の奴を獄炎で燃やしてくれ！」

最初はベルリアの陰に隠れて攻撃に加わろうとしたけど残念ながら幼児サイズであるベルリアの陰に完全に隠れる事は難しかった。必然的に俺はあいりさんとツーマンセルを組み戦う。

毎回あいりさんを前面に立て俺が隠れる形になる事に、若干の心理的抵抗感を覚えるけど、結果的にこれがあいりさんのリスクも減らす事になるので、あいりさんとも相談して今の形で進んでいる。

あいりさんが正面から相手に挑むが、薙刀の間合いを必ず保つ様に距離感だけは徹底してもらう。

隙があればしとめてもらう様に頼んであるけど、基本は注意を引く事にウェイトを置いてもらっている。

意識的にいつもより遠目から攻撃を繰り返してくれる。

あいりさんが斬り合いに持ち込んだ瞬間に俺は背後から外れ相手の後ろに回り込む。

注意深く近づきバルザードを一振りしてしとめる。

「あいりさん、お疲れ様でした」

「ああ、海斗も手慣れた物だな。忍者化も進んでいるようだし、いっその事装備ももっと軽装でもいいかもしれないな。どうせ黒装束ならマントと鎧をやめて忍者装束とかどうだ？」

「どうだと言われても、さすがにこの階層で軽装備は怖過ぎますよ。俺には無理です。しかも忍者装束ってどこに売ってるんですか？」

「ダンジョンマーケットにはないだろうからネットショッピングとかだろう」

「ネットショッピングって。もしかしてそれって普通の布製のやつですよね」

「そうなるな」

「耐久性とか防御力はないですよね」

「まあ、そうなるな」

一体この人はこの階層に来てから何を言っているんだろうか？

ダンジョンにコスプレ用の衣装を着てくる探索者がどこにいるというのだろうか？

布製って、斬られるし、溶けるし、燃えるって。

文字通り紙装甲じゃないか！

完全に却下。検討にも値しない。

その後もあいりさんは時々おかしな挙動を見せていたけど、どうにか鬼を退けながら探索を進め、春休み最後となる金曜日には十六層の半分を越える位置までマッピングを終える事に成功した。

第三章　運命の日

「それじゃあ、今日はこれで引き上げましょう」

「そうね、本当は春休み中に十七階層まで行ければ良かったけど、まあ順調ね」

「海斗さん、明日は楽しみですね」

「海斗、私は行けないが健闘を祈っているよ」

「いや、そんな大袈裟な事じゃないですよ。でもミクとヒカリンはわざわざすまないな。明日は宜しく頼むよ」

「まあ、悪い様にはしないから安心してよ。余計な事して、海斗がダンジョンに来られなくなったら私達も困るもの」

「余計な事ってなに。逆に怖いんだけど」

とりあえず春休み中のダンジョン攻略は十五階層と十六階層も半ば迄進めたので、それなりに順調だったと言える。

明日は、春香とパーティメンバーの顔合わせだ。

春香とメンバーの二人は相性も良さそうだし特に問題は起こらないとは思うけど。

§

今日は朝からそわそわして落ち着かない。

春香の強い希望で、パーティメンバーに引き合わせる事になったからだ。

年齢も近いし三人の性格的に仲良くなるんじゃないかとは思うけど、間に入る俺は何となく落ち着かない。

「おはよう」

「うん、おはよう」

駅前で春香と待ち合わせて合流する。いつも通り可愛いのに、表情はなんとなく硬い気がする。

春香も良く知らない相手に会う事に緊張しているのかもしれない。

「春香、それじゃあ行こうか」

「うん」

「二人共楽しみにしてるって言ってたし、大丈夫だよ」

俺達はパーティメンバーの待つ場所まで向かう事にした。

「………うん」

「海斗、二人に会う前に一つ確認しておきたいんだけどいいかな」

「なに？」

「今日会う二人は女の子なんだよね」

「うん、そうだけど」

「その二人は可愛かったりするのかな」

「まあ、一般的には可愛いんじゃないかな」

あれ？　春香が自分で聞いて来たくせに正直に答えたら反応がおかしい。

「今日会う二人とは付き合ってはないんだよね？」

「え？　どういう事？　付き合うって」

「付き合うっていうのは、恋愛的な意味でだよ」

「恋愛？　いや、いや、ないない。そんな事ある訳ない」

「本当？」

「本当！」

「残りの一人とも？」

「ない、ない」

一体春香は何を言い出すんだ。

俺と三人が付き合うなんてあるはずがないのに何を突飛な事を言い出してるんだ？

「でも可愛いなら、ちょっとはそんな気にもなるでしょ」

「全くならないから！」

「それって、海斗ってまさか女性じゃなくて男性に……」

「いや、いや、いや、怖い事言わないでくれ。ただでさえ探索者は男性比率が高くて、そういう噂をよく聞くんだから。冗談で済まなくなるんだって」

「男性比率が高いのにどうして海斗のところは女性比率が高いのかな」

「それは先に彼女達がパーティ組むのは決まってて最後に俺が誘われて入ったからだけど」

「それって俗に言うハーレムパーティじゃない？」

春香の言葉が止まらない。

それに、表情も徐々に険しくなってきている気がする。

「ハーレムパーティって、漫画の主人公じゃないんだからそんな事あるはずないだろ。そもそも俺はどう考えても主人公じゃないし」

「じゃあ、まさかヒモパーティなんて事は……」

「春香、いくら何でもヒモって。それは、確かにハーレムよりはヒモの方が現実的な気もしなくはないけど、違うから！　俺もちゃんと活動してるしないから！　誤解しないでくれ！」

「まあ海斗が貢いでもらうのは難しいと思うけど。う〜ん。だけどパパのパーティには女の人はいなかった記憶が……」

　春香の言葉が心に刺さる。

　俺はハーレム主人公でもヒモでもない。漫画やアニメじゃないんだからそんなはずはないけど、完全に否定されてしまうと自分の主人公適性を完全否定された様で、なんとなく悲しい。

「春香、そろそろ着くよ」

「そう、二人はもう来てるかな」

「あ〜多分あれじゃないかな」

　後ろ姿だが、奥にミクとヒカリンらしき人影が見える。

「お〜い！」

「ああ、おはよう海斗！」

「おはようございます海斗さん」

やっぱりミクとヒカリンだった。

普通に朝の挨拶をしただけだけど、何故か肌寒い。

ショッピングモールの入り口付近なので冷房が効きすぎているのか？

「海斗……海斗さん……名前で」

なんとなく、春香の様子がおかしい。

「春香、こっちが森山ミクさんと田辺光梨さん」

「あ、うん。葛城春香です。よろしくお願いします」

「こちらこそよろしくね。私同い年だからそんなに硬くならなくてもいいわよ春香ちゃん」

「春香さん私の方が年下ですから、もっと砕けた感じで大丈夫なのです」

「それにしても海斗にフルネームで呼ばれると変な感じね」

「はい、ちょっと新鮮なのです」

「普段は何て呼ばれてるんですか？」

「え？　普通に名前よ。私がミクでこっちがヒカリン」

「ミクとヒカリンですか」

「うん、春香さんもこれからそう呼んでね」

「はい」

にこやかに挨拶が終わって、カフェへと移動することになったけど、何となく春香の元気がない気がして心配だ。

「それじゃあ私も春香って呼ぶわね」

「わかりました」

「じゃあ私は春香さんって呼びますね。私、春香さんに会えるの楽しみだったのです」

にこやかな中にも張り詰める空気。この空気感なんだ？

カフェはまだだろうか。

喉が渇く。

しばらく歩くと、チェーン店のカフェに着いたのですぐに店に入り注文を先に済ます。

「俺は、アイスティーで」

「私はマンゴーフラペティで」

「じゃあ私も」

「私もそれで」

俺以外は三人共マンゴーフラペティらしい。九百五十円もするけど、今日はお願いして来てもらったので俺が支払うべきだろう。

まとめて四人分の支払いを終えて席に着く。

今までプライベートでミクやヒカリンと会う事もなかったので、この組み合わせは不思議な感じがする。

それより春香は二人と友達になりたいのか？

「ミク、ヒカリン、単刀直入に聞きます。海斗の事をどう思っていますか？」

っつ……危うくアイスティーをヒカリンの顔に吹き出すところだった。

どう思ってるって本人の前で聞く？

これで嫌いだとかリーダー失格とか言われたらパーティ崩壊しちゃうけど。

「リーダーとして頑張ってくれてるし探索者として信頼してるわ」

「私も命を預けてるので全面的に信頼してるのです」

「海斗はリーダーなんですね。私は探索者じゃないからよく分からないんですが、男性一人に女性三人のパーティってていうのは……その、一般的なんでしょうか？」

「う〜ん、なくはないと思うけど珍しいかもね」

「でもうちのパーティはサーバントもいるので小さい女の子が二人と男の子が一人と動物が一匹追加なのです」

「男性二人で女性五人という事ですよね。それって大丈夫なんでしょうか？」

春香は一体何の話をしようとしてるんだ？

二人と仲良くなりたいわけじゃないのか？

大丈夫なんでしょうかって何が？

今まで揉(も)めたことは無いし何を心配してるんだ？

もしかして戦力的な事を心配してくれているのか？

「そうね。大丈夫じゃないパーティもあるでしょうけど、うちのパーティは大丈夫ね」

「はい。とても上手(うま)くいっていると思うのです」

「そうなんですか」

「春香が気にしてる事は理解してるつもりだけど何にもないわよ」

「えっ⁉」

「そもそも、私、春香と会ったことあるんだけど覚えてない？　王華(おうか)学院のオープンキャンパスで」

「ああ、あの時の……」

「そう。もし何かあったら顔見知りの人間の所になんか来るわけないでしょ。そもそも海斗がそんなこと出来るはずないじゃない」

これはどういう展開？

そんな事ってどんな事？

まさか春香は俺とミクの仲を疑ってるのか？

いや、普通に考えてないだろ。とは思うけどこの場で言える雰囲気ではない。

「ミクは王華学院を受けるんですか？」

「そう、そのつもり。今日来てないもう一人も学院の先輩だからね。春香も入ったら一緒に遊びましょう」

「……はい」

「まだ納得してない感じね。海斗ちょっとあっちの席に行っててよ」

「え？」

「ちょっと邪魔だから、一番向こうの席に行ってて」

「……はい」

この状況で邪魔って言われても俺は何もしてない。

しかもこの三人だけで話すって大丈夫なのか？

あんまり雰囲気が良いとは思えないけど。

俺は後ろ髪を引かれながらも他に選択肢はないので席を移動して三人の会話を窺う。

残念ながら距離があり過ぎて会話は全く聞こえない。三人の横顔をチラチラと見ながら窺うしかない。

この距離感で内容が分からないのはかなり辛い。

仲違いをされると明日からも気まずくなりそうだし、できるなら仲良くして欲しい。

年頃の女の子は色々と難しいのは分かるけど何で今ここなんだ。

これなら俺は最初からいない方がよかったんじゃないだろうか？

声は聞こえないけど何かを話しているのは分かる。

三人共真剣な感じだし会話の内容が気になる。

アイスティーは既に飲み切ってしまった。

飲んだはずなのに喉が乾く。

ここでおかわりを注文していいのか判断に迷うところだけど俺の喉はカラカラだった。

喉がカラカラだけど結局身じろぎ出来ず多分一時間ぐらいが経過したと思う。

初対面に近い三人が一体何を一時間も話すことがあるのだろうか？

遠目で見る春香の横顔も曇ったり明るくなったりを繰り返しているような気がする。

正直内容が気になって仕方がない。

ようやく話が終わったのか三人がスマホを取り出して連絡先を交換しているのが見える。

それを終えると三人揃って俺の所までやって来た。

「海斗、待たせたわね」

「ああ、うん」

「春香とも仲良くなったし、よかったわ」

「へ～そう」

「海斗さん、これからダンジョンで一日一枚以上写真を撮ることになったのです」

「写真？」

「そうです。春香さんはダンジョンでの事が分からないので写真を送ってあげる事にしたのです」

「なんでそんな事……」

あっ、これは良くない。余計な事言ってしまった。

周りの温度が下がった気がする。

三人の視線が痛い。

「あ、ああ、いいんじゃないかな。うんいいと思う。ダンジョンの写真はいいと思うな。春香は写真が好きだし。うん」

「それとこれから時々春香と受験の事とか相談する為に遊ぶ事になったから」

「ああ、そうなんだ」

「連絡先交換したしダンジョンでの海斗の行動は逐一報告する事になったから」

「俺の行動？　なんでそんなの。特に何もないと思うけど」

「海斗さん、本気でそう思っているのですか？　普通の探索者の何倍もいろいろあるのです」

「そうかな。そもそも何で春香に行動を報告なんかすることに？」

「は〜。海斗、それが分からないうちは、やっぱり春香に報告が必要ね」

「どういうこと？」

意味不明だけど、これからは春香に逐一報告されるのか？

俺の失敗とかも？

まずい。

今までよりしっかりしないと春香に呆れられてしまう。

よくわからない所もあるけど、とりあえずカフェでの長い長い顔合わせをようやく終え、その後ミクとヒカリンとは別れて別行動となった。

「海斗、ミクもヒカリンもいい人たちだったよ。可愛いし」

「ああ、それは良かったよ」

「海斗って私が思ってたよりすごいんだね」

「え？　何が？」

「ダンジョンでの活躍を二人から聞いて、思ってたのよりずっと凄かったよ」

「そ、そうでもないと思うけど」

「それにヒカリンの事も聞いたよ」

「ヒカリンの事？」

「うん、身体の事」

「あぁ」

「海斗絶対に助けてあげてね」

「ああ、それは約束だから絶対だ」

「ヒカリン助かるといいね」

「絶対に大丈夫だよ」

「何か私の知ってる海斗じゃないみたい。ダンジョンでは頼もしいんだね」

「いやぁ、そんなことは」

それは、普段は頼もしくないって意味だよな。
もっと頑張らないと俺はまずいかも。

「ちょっとパパみたい……」

「え？」

「ううん、何でもない。私、海斗がダンジョンで隠れてハーレム主人公になってるのかと思ってたよ」

「ハーレム主人公って、それは漫画とかだけだよ。現実でそんな事ある訳ないって」

「ふ〜ん。でも二人とも可愛かったし、もう一人のあいりさんも美人だって聞いたけど」

「それは、たまたまだから、たまたま」

「たまたまね〜。ところで海斗は三人のうちの誰がタイプなのかな？」

「な、何を言ってるんだ。タイプとかそんな事ある訳ないだろ。そもそも俺のタイプは〜〜〜〜」

「そもそも海斗のタイプはどんな感じなのかな？」

ヤバイ顔が熱い。

からかっているのか、いたずらな表情を浮かべてそんな目で俺のタイプを聞かれても……。

俺のタイプは春香だ〜！　と大声で言いたいところだけど、本人を前にしては無理だ。

そもそも春香はタイプとかそんなのではなく、憧れてるのもあるけど純粋に好きというか……。

あ〜全身が熱い。

「と、とにかくパーティメンバーはそういう対象じゃないんだって。そういうのは、ほんと違うから」

「そうなんだ。でもこれからミクがダンジョンの写真を送ってくれるって約束してくれたから楽しみだよ」

「写真。そんな話してたな。でもまあ仲良くなれたみたいでよかったよ」

「あれだけ海斗のことを信頼してくれてるから、私もね」

よく分からないけど、最悪の事態は回避されたらしい。

ただミクとヒカリンは春香への俺の気持ちを知っているので余計な事を口走っていないかが心配だけど、春香に直接聞く訳にはいかないしな〜。

何を話したのか分からないけど春香の機嫌はいつもよりも良いぐらいなので、悪い事にはなっていないと思われる。

それから春香と写真を撮りに街を巡ったけど、春香も楽しんでくれたようでずっと笑顔だった。その笑顔を見て俺も嬉しくなってしまい、必要以上に写真をいっぱい撮ってしまった。

出来る事ならこの笑顔をずっと見ていたい。

そんな事を考えながらシャッターを切っていた。

「それじゃあ、また学校でね」

「うん、また」

この日は春香と別れ家に帰った後三人の会話の内容が気になって、なかなか寝付けなかった。

§

翌日、俺にとってこれからの一年を左右する運命の日を迎えた。

三年生としての初日だけど学校の入り口にある掲示板に新しいクラスが発表されている。

祈る様な気持ちで三年生のクラスを確認してみる。

俺はどこだ？　多分学年末の成績から言って二組か三組だと思うんだけど。

え〜っと……た、た、た、高木。あった。

三年二組に俺の名前はあった。

二組か。学年末の成績がダイレクトに反映された感じか。だけど今はそれは問題じゃない。正直二組でも三組でもいい。それよりも春香は何組なんだ？

俺よりも成績は上だったから一組か二組のはずだ。
春香の事を思えば一組なんだろうけど、俺はそんな聖人君子じゃない。
確率は二分の一。春香の名前は…………。
あった！
神様、ありがとうございます。
おおおおおおおおぉおおおお～！
春香の名前は俺と同じ三年二組のところにあった。
「やった！」
思わず心の声が口から出てしまった。
神様本当にありがとう。
これで俺は今年一年頑張れる。
喜び勇んで三年二組の教室に向かい自分の席を確認して座る。
春香は……。
もう教室にいて自分の席に座っていた。
ただ既に数人の男子生徒に囲まれている。
初めて一緒のクラスになった生徒だ。あまり見覚えがない。

クラスで春香が目立ってるから速攻で声をかけたってところか。

本当はすぐにでも話しかけたいけど、ちょっと難しそうだ。

「おう、海斗、また一緒だな」

「ああ、真司も同じクラスか」

「おいおい、それはないだろ。もしかしてクラス発表の貼り紙を見てなかったのか？」

「ああ、ごめん。春香の名前を見て舞い上がって他を見るの忘れた」

「は〜っ。海斗らしいといえばらしいけど。それより春香ちゃん大変だな」

「あれ、どうしたらいいと思う？」

「堂々と割って入ればいいんじゃないか？」

「俺、あいつらの事知らないんだけど。それにあいつらクラスでも目立ってそうだろ。初日から目をつけられたくはないなぁ」

「そんなんじゃ春香ちゃん取られるんじゃないか？」

「なっ……」

「だってあいつら陽キャっぽいし」

「わかった。ちょっと行ってくる」

正直俺のキャラじゃないけど、あいつらの感じだと真司の言ってる事も無い話じゃない。

意を決して春香の方に向かおうと席を立つと、こちらに気がついた様で春香から声をかけてきてくれた。

「海斗〜。今年も一緒でよかったね、今年も一年よろしくお願いします」

「うん、春香、今年もよろしく」

春香は花が咲(さ)いた様な笑顔を見せてくれた。

昨日も見せてくれた表情だけど、この笑顔は何度見てもいい。

やっぱり春香には笑顔が一番似合う。

ただ周りにいた男子の視線が刺さって痛い。

「真司も同じクラスなんだ」

「うん、悠美(ゆうみ)も一緒だよ」

「そうか〜。真司も言ってくれればいいのに。それじゃあ隼人(はやと)だけ違うクラスなのか」

「えっ？　隼人くんも同じクラスだよ」

「隼人も一緒⁉」

「海斗、それは流石(さすが)に酷(ひど)いんじゃないかな」

「いや、だって。でも今年もみんな一緒か〜。奇跡的(きせきてき)だな」

隼人まで一緒だとは思わなかった。

「いや〜また海斗と一緒か〜。まあよろしくな〜」

「隼人。学年末テスト会心の出来だって言ってなかったか？　てっきり一組かと思ってたぞ」

「ああ会心の出来だったぞ。なんと七十八位だった！」

　七十八位って俺より下じゃないか。というより二組もギリギリだろ。

「まあ、みんな一緒だからまたよろしくな」

「いや、それがみんなじゃないんだ」

「え？　みんなじゃないって。え〜っとあと誰かいたか？」

「花園(はなぞの)さんだよ〜。花園さんと離れ離れ(はなればな)れになっちゃったよ」

「ああ、花園さんか。隼人あれから彼女(かのじょ)と連絡(れんらく)とか取ってるのか？」

「もちろんだよ。あれから毎日俺から連絡入れてる。ちなみに花園さんからの返事は二日に一回ぐらいだから、結構忙(いそが)しいみたいなんだよ〜」

　隼人、それって。

　毎日連絡してるのに返事は二日に一回ってそれで大丈夫なのか？

「そうなんだ」

「いや〜花園さんダンジョンの話にノリノリなんだよな〜」

「そうか。それはよかったな」

「やっぱり花園さんイイわ」

「そう」

「一緒のクラスにはなれなかったけど今年一年楽しみしかないな」

「ああ」

「高校最後の年に俺の時代が来る～」

隼人悪い。俺には上手くいくイメージが湧(わ)かない。

俺が言うのはあれだけど、花園さんは難しいんじゃないか？

隼人、お前なら新しいこのクラスで新しい恋(こい)が見つかるかもしれない。

頑張れ！

頑張れ隼人。

§

初日はお昼までで授業が終わったので、さっそくダンジョンへと向かう。

それにしても、五人が同じクラスになったのには驚(おどろ)いたな。

俺も含めて男子の三人は昨年度頑張ったという事だろう。

三年二組へは去年の五組からは俺達以外は二人だけだったので、普通に考えてすごい事だと思う。

寧ろ、春香と前澤さんが二年生の時になぜ五組だったのかが謎だ。

一年の時の学年末テストで体調でも崩していたのかもしれない。

いずれにしても、俺達の関係がシナジー効果というかいい方に作用している気がするので、このままいい流れに乗って三年生を頑張りたい。

そして俺には大きな問題が発生していた。春休みずっと十六階層に潜っていたのでついに魔核のストックが枯渇してしまった。

実は最終日には既に尽きてしまいシル達に泣く泣く鬼の魔核を与える事になってしまっていた。

スライムの魔核と比較すると当然大きさも大きく、濃さが違うのか味もいいらしく、シル達の満足度は高かった。それでも赤い魔核には遥かに及ばないらしく、しきりに赤い魔核の話をしているのが聞こえてきた。

そんな状況なのでスライム狩りを再開する。

「なんか久しぶりだな」

「実際に二週間以上来てないんだから、そんなの当たり前だろ」

「そうだけどやっぱりここは落ち着くよな。ホームグラウンドって気がする」

「一階層で落ち着くってどれだけ低レベルなんだよ」

「ご主人様、スライムですよ」

「わかった」

あ～この感じ久しぶりだ。

殺虫剤を片手にスライムへと向かって行く。

この攻撃力がなくて憎めない感じがなんとも言えないよな～。

十六階層の鬼には間違っても出せない空気感だよな。

「よし、くらえ！　久々の必殺殺虫剤ブレスだ！」

俺が殺虫剤を放つとスライムは数秒で消え去った。

スライムスレイヤーとしての効果とステータスの恩恵で殺虫剤ブレスの威力が凄いことになっている。

このあっさり倒せる感もストレスが溜まらなくていいんだよな。

久々にスライムを倒してテンションが上がってくる。

「さあ、どんどん行くぞ。みんなも次行こう」

「レベル20でスライム相手にその感じはどうなんだよ。恥ずかしくないのか？」

「え？　何が？　恥ずかしいわけないだろ。俺には他の探索者がスライムに見向かない事が信じられないよ。スライムは誰もが通る初心だぞ。初心忘れるべからずだ」

「ちえっ、スライムばっかりだと飽きるんだよ。二階層でいいから行ってみようぜ！」

数体のスライムを倒した後、ルシェの押しに負けて二階層にも足を踏み入れた。

ただ、ドロップはスライムの魔核とそれほど違いが無いにもかかわらず、一気に難易度が増し格段に効率が落ちた。

ゴブリン相手に殺虫剤ブレスだけじゃ無理だもんな。

しかも落ちた効率に不満を募らせたルシェが痺れを切らし勝手に戦い、お腹を空かせてしまう結果となってしまった。

当然のように手に入れた魔核はルシェの下へと溶けてしまったので、有無を言わせず即座に一階層へと戻る事を決断した。

出戻った一階層では、またルシェがぶつぶつ言っているけど、手を出す事は無くなったので純粋に魔核を集める事が出来るようになった。

週末までに二百個は欲しいのでひたすらスライムを倒し続ける。

「殺虫剤ブレス！」

「そもそも、そのブレスっていうのをやめろ！　それブレスですらない。ブレスっていうのは口から出すもんなんだよ。そんな事も知らなのかよ」

「いやそれは知ってるけど、擬人法だよ擬人法」

「擬人法って何だよ。魔法の一種か？」

「違う違う。物を人間に見立てた表現だよ。だから殺虫剤を人に見立てると、噴射口は口だろ。だからブレスであってるんだよ」

「どうせなら悪魔に見立ててくれた方が、わかりやすいんだぞ」

いや悪魔に見立てたとしても噴射口はやっぱり口だろ。

それにしてもいい感じに乗ってきた。一度ペースをつかむと止まらない。

久しぶりの一階層にテンション高めで夕方まで集中してスライムを倒す事に専念出来た。

§

この五日間は充実したダンジョンライフだった。

魔核も目標の二百個集めることが出来たし、今日の十六階層の攻略に集中して臨める。

いつものようにダンジョンの入り口前で待ち合わせだったけど、どうやら俺が一番後だったらしい。

「それじゃあ、今日も頑張って行こうか」

「そうね。それじゃあまずその入り口前でポーズとってみて」

「ポーズ？」

「そう、ポーズ。春香に送る写真だから格好良くね」

「本当に送るのか⁉」

「だって約束したの聞いてたでしょ」

「聞いてたけど、本当に写真撮るんだ」

どうやら先週春香と約束した事を早速(さっそく)実行に移すらしくスマホで写真を撮られてしまった。

別に写真ぐらいは構わないけど、一体俺の写真を受け取って春香はどうするつもりなんだ？

まさか変なＳＮＳとかに載(の)せたりはないよな。

春香に限ってそんなことは絶対ないな。そんなくだらない事に思いをはせながら、ついピースサインをしてしまった。

入り口には他の探索者もいたので、ルーキーみたいで恥ずかしかったけど、考えてみるとパーティを組むまでずっとソロだったせいで、ダンジョンで撮った写真が一枚も無かった。せっかくだしさっきの写真は俺にも送ってもらおう。

「海斗もミクも今年は受験生だな。王華学院受けるんだろう」

「もちろんですよ。俺は絶対受かります。来年もよろしくお願いします。先輩」

「海斗に先輩と呼ばれると変な感じだな。それにしても絶対に受かるって自信ありだな」

「はい、春香が受かる予定なので俺も必ず受かってみせます」

「ああ、そうか。全く根拠は無いんだな。全国模試の志望校判定とかはどうなんだ？」

「一番最近受けたのでC判定でした」

「Cなら落ちる可能性もあるんじゃないか？」

「大丈夫です。今がCなだけなので受験までにはA判定いやS判定が出るはずです」

「海斗、S判定って失敗のSじゃないの？」

「ミク、不吉な事を言うな。言葉にすると現実になったりするんだぞ。そういうミクはどうなんだ？」

「私？　私はもちろんA判定だけど」

「A⁉　ミクって頭良かったんだ」

「あ～っなんか失礼な言い方ね。これでも勉強は得意なのよ」

「ごめん、そういう意味じゃないんだ。ちょっと意外だっただけで」

「海斗さん、春香さんも受かりそうなのですか？」

「確か春香はB判定だったと思うけど、この一年で二人一緒にA判定をとってみせるよ」

「まあ、今の時期にB判定が出てれば、しっかり一年頑張れば問題無いだろう。Cは、今からの頑張り次第だな」

「頑張りますよ」

あいりさんに言われなくても頑張るしかない。それにしてもミクがA判定だったとは驚いた。

見かけによらず頭が良かったらしい。

てっきり俺と同レベルだと思い込んでしまっていた。

人を見かけで判断してはいけないという教訓だな。

これは、モンスターにも当てはまることだ。

気を引き締め直し十六階層まで『ゲートキーパー』で移動してからマップを見ながら進んで行く。

ほぼ先週と同じ種類の敵を順調に倒して進み、約一時間三十分ほどで前回のポイントまで辿り着くことが出来た。

かなりいいペースだ。

「もう半分は切ってるのよね」

「ああ、それは間違いない」

「じゃあ順調にいけば来週末には十七階層に行けそうじゃない？」

「うまくいけばだけどこの先の敵次第だな」

ここまで順調だからと言って気を抜く事は出来ない。

「ご主人様、奥に敵が三体待ち構えています」

「分かった。じゃあシルとベルリアとあいりさんが当たって下さい。俺はあいりさんのすぐ後ろにつきます」

敵は先週苦戦した西洋鎧姿の鬼が三体だ。

ヒカリンが『アースウェイブ』を放ち、鬼の機動力を奪う。

重い鎧を纏った鬼には『アースウェイブ』は効果を発揮し、二体を封じる事に成功した。

自ずと封じる事に失敗した鬼をシルが担当する事になり、そのまま四人で突っ込んでいく。

足を取られた鎧の鬼は、覚悟を決めたのか正面を向きバスタードソードを構え、待ち構えている。

俺もあいりさんの後ろに付いたまま走る。

あいりさんが少し離れた位置から薙刀を振るい鬼の注意を引きつけてくれる。

俺はあいりさんの背後から横を抜け鬼の後方へと滑り込み死角に入る。

前回はこれが上手くいかず苦戦してしまったが、あいりさんと『アースウェイブ』のサポートがある今は問題無く遂行出来る。

背後に回った俺は、気配を薄めて鬼の背に向けて歩を進め、間合いに入ると同時にバルザードを振り切り切断のイメージを刃にのせて鬼の首を鎧ごと断ち切った。

「あいりさん、上手くいきましたね」

「ああ、あれだけ苦戦したのに今回はあっさりと終わったな。海斗は本当に手慣れてきてるな」

「手慣れるというか、これしかないというか。倒せてよかったです」

ベルリアを見ると完全に押し込んではいるが、やはり鬼の鎧の装甲が邪魔をして首を落とすところまではいっていない。

ベルリアの技量をもってしても通常の武器で金属の鎧を断ち切るのは難易度が高いのだろう。

昔漫画か何かで刀で兜を割るのを読んだ気がするけど確か秘伝の上に刀の耐久性が損な

われるのでそう何回も使える技では無かったと思う。

やはり武器の性能は大きい。

ベルリアが鬼相手に十二分に力を発揮するには今よりも上位の武器、魔剣に類するものが必須かもしれない。

俺は、ベルリアが相手にしている鬼の背後にするっと回り込み先程と同じ様にとどめをさした。

ルシェも既に戦闘を終えているので、今回もほとんど消耗も無く戦闘を終了させることが出来た。

「上手くいったわね」

「そうだな。このパターンがハマれば西洋鎧の鬼も大丈夫だと思う」

先日苦戦した西洋鎧の鬼との戦闘もスムーズにこなし、十六階層の探索は先週よりも確実にペースアップして今日一日だけでかなりの距離を稼ぐ事が出来た。

明日のペース次第では攻略の目処も立ちそうな気がする。

§

翌日は朝から再び十六階層に潜り探索を進める。

「今日も順調ね」

「ああ、思ったよりも早いペースだけど、無理は禁物だから」

「この階層もお別れが近いと思うと少し寂しいのです。コンッ」

「ヒカリン風邪治らないな」

「いえ、これは多分花粉症なのです」

「ダンジョンの中まで花粉ってあるのか。花粉ってすごいな」

「そうですね」

「まあ、植物がいっぱいのフロアもあったし花粉も飛ぶか」

「ご主人様、あそこに敵がいます」

「あそこ？　いつもより近いな」

「申し訳ありません。気配が薄くて気づくのが遅れました」

「ああ、別に気にしなくていいよ」

シルが目視出来るところまで敵を感知出来なかったのは今までで初めてかもしれない。

目を凝らしてみると奥に小さく見えている姿は老婆。

そこには三人の老婆が佇んでいた。

「まさかあれって人間じゃないよな」

「老婆だけでこんなところにいるはずがないからあれは間違いなくモンスターね」

「そうだよな。じゃあ、あれってもしかして鬼ババア？」

「海斗、正しくは鬼婆(おにばば)だ」

「やっぱりそうですよね。だけど母親とかの事を時々鬼ババアみたいとか言いますよね。でも俺の母親あんな感じではないですね」

「いくら喩(たと)えでも、本物と比較するのはお母さんに失礼だろう」

「そうですね。俺の母親はもっと若いですしね」

「海斗さん、年齢(ねんれい)の問題ではないと思うのです」

話しながらゆっくりと近づいていくが、鬼ババアは歳(とし)のせいで耳が遠いのかこちらに気がついた様子はない。

「ルシエ、いきなり行ってみるか？」

「いいのか？」

「なんか気がついてないみたいだしいいんじゃないか」

「急に攻撃(こうげき)したら鬼みたいに怒(おこ)るんじゃないですか？」

「鬼ババアって一応鬼の一種だし気にしたら負けだろ。ルシェ頼んだ」

「まあ、いいけどこの距離で気付かないってヤバ過ぎだろ。なんであんなのがこんなところにいるんだ。年寄りはさっさと消えてなくなれ！　『破滅の獄炎』」

ルシェの獄炎が鬼ババアの一体を捉え燃やし尽くす。

仲間の一体を燃やされようやくこちらに気がついたらしく奇声を上げて鬼の様な表情で怒り狂い始めた。

これが本物の鬼ババアの怒りか。流石に俺の母親が怒った時より迫力あるな。

鬼ババアが怒りの表情を浮かべこちらを威嚇してくるが、その手には出刃包丁の様なものを持っている。

ただ、ナイフぐらいの大きさしかないので見た目の雰囲気以外には、それほど怖さは感じない。

「きしゃあああああああああ～」

鬼ババアが奇声を上げる。何か特殊攻撃でも仕掛けてくるのか？

「い、いや～！　来ないで、お爺ちゃん。お爺ちゃんがいっぱい………ああっ」

ヒカリンの叫び声が後方から聞こえてきたので慌てて振り向くが、怯えるヒカリンがいる以外は特に何も変わった様子はない。

「ヒカリン！　どうした。何か出たのか？」

「いや、いやなのです。お爺さんが……お爺さんが、いっぱい……」

お爺さんがいっぱい？？？

あまりの意味不明さに一瞬冗談か？　とも思ったけどこの状況でそれはない。

ヒカリンの怯え方、あの鬼ババアにより何らかの攻撃をくらった可能性が高い。

恐らく精神系の攻撃。

しかしお爺さんがいっぱいいってあれはお婆さんだぞ？

お婆さんがお爺さんに見えてるのか？

しかもいっぱい？

一体、どんな精神攻撃なんだ？

「ああっ、助けてっ……お爺さんが……」

「ミク⁉」

今度はミクまでもお爺さんに汚染されてしまったようだ。

「あいりさん、突っ込みます。ルシェも頼んだ」

時間をおけば俺も精神攻撃を受ける可能性がある。ここは迷わず突っ込んで行く。

鬼ババアは、老人とは思えない身のこなしで俺を迎え撃つべくこちらへと向かって来た。

速いっ！　もしかして俺より速いか？

老婆が出刃包丁を持ちこのスピードで向かってくるとは、確かに恐怖の対象でしかない。

これが地上でなら大事件だ。

ただ俺にはババアにしか見えないので、まだ精神汚染はされていないのが自分で分かる。

バルザードを振るい首を狙うが、見た目にそぐわない素早い動きで頭を下げ、躱されてしまった。

「年寄りはいたわれや〜！　このガキが！」

おおっ！　喋った。この鬼ババア普通に喋れるのか。人型だし不思議はないけど、さっき奇声を上げていただけに驚きだ。

「年寄りは大人しくしといて下さい」

「くそガキ！　死ね！　死ね！　死ね！　死ね！　死ね！」

流石は鬼ババア、狂っているのか全く話にならない。

人間のお婆さんであれば我慢もするが、ツノが生えた完全なる鬼ババアなので容赦はしない。

「死ぬわけないだろ。お前が死ね！」

俺が『ドラグナー』を即座に放つと蒼い光の糸を引いた銃弾は鬼ババアの頭部を捉えて撃ち抜く。

注視していると鬼ババアは消滅する事なく再生の兆しが見えたので、即座にバルザードで首を刎ねる。

もう一体を見ると、なぜか戦っているのはあいりさんではなかった。ルシェが獄炎で三体目を燃やし尽くしていた。

あいりさんは？

俺のすぐ後に走り出していたはずだけどどこに行った？

「あぁっ……じじ……じじ……怖い」

なんと俺の後ろであいりさんも意味不明の精神攻撃を受け戦闘不能に陥っていた。

三人の共通点はお爺さん。

お爺さんが大挙して押し寄せているのか？

それともお爺さんの鬼に襲われているのか？

外からでは分からないが、既に鬼ババア三体は消滅しているにもかかわらず、精神汚染は解けていない。

「あいりさんしっかりしてください！　俺が分かりますか？」

「ああ……じじ」

だめだ、揺すったぐらいじゃ解けない。

前みたいにやらないとダメなのか？

　でも俺には無理だ。

「ルシェ、頼んだ」

「なんでわたしなんだよ。だらしがないな。貸しだぞ貸し！」

「いや、貸しは困る」

「ふん、ケチな奴だな。まあいい、おいあいり、寝ぼけてんじゃないぞ、さっさと起きろ！

『バチ〜ン』」

「はっ……ルシェ様⁉　ここは？　じじは？」

「まだ寝ぼけてんのか？　お前は鬼ババアの攻撃でやられたんだよ」

「もしや、ルシェ様が」

「ああ、わたしが起こしてやったんだ」

「ああっ、やはりそうですか。この頬の痛みはルシェ様の愛ですね」

「ふん、もうやられんなよ」

「はい。ありがとうございます」

　このやり取りであいりさんは無事に正気を取り戻した。だけどあれを愛ってあいりさん重症だ。

「ルシェ、他の二人も頼んだ」

「めんどくさいな！　そもそもお爺さんってなんなんだよ。気持ち悪い」

「まあ、それは俺も思うけど、頼んだ」

「ちっ、しょうがないな。おい、ヒカリン起きろ！」

「はぁっ！　お爺さん……」

「誰(だれ)がお爺さんだ！　ふざけんな！　『バチ～ン』」

「えっ……あ……ルシェ様。お爺さん？」

「わたしがお爺さんに見えるんだったら、一回死んできてもいいぞ」

「いえ、申し訳ございません。もう大丈夫なのです。ルシェ様ありがとうございます」

どうやらヒカリンも正気を取り戻した様なので、後はミクだけか。

「お爺さんが……来ないで。いっぱい……」

「こいつも、お爺さんか。どこをどう見たらわたしがお爺さんに見えるんだ！　本当に失礼なやつだな。おい！　ふざけてるんじゃないぞ。ここにいるのは絶世の美女だ！　お爺さんなんかどこにもいない。『バチ～ン』」

「はっ！　ルシェ様。私はお爺さんにほっぺたを……」

「ほっぺたを張ったのはわたしだ」

「え？　お爺さんはルシェ様でルシェ様はお爺さん？」

「まだ寝ぼけてんのか？　わたしがお爺さんなはずないだろ！　もう一発いっとくか？」

「あ！　はい、大丈夫です。失礼しました」

どうやら三人共正気に戻った様だ。

「三人共鬼ババアの精神攻撃にやられてしまったんだと思う」

「あぁ」

「あの奇声がトリガーだったのかもしれない」

「そうなのでしょうか？」

「ところでいっぱいのお爺さんって何？」

「それは……恐怖のじじだ」

「恐怖のお爺さんって？」

「この世のものとは思えないお爺さんよ」

「いっぱいって？」

「ものすごくいっぱいなのです」

う～ん結局よく分からない。

でも三人を恐慌状態に追いやるとは、かなり強力な精神攻撃だったのは間違いない。

「とりあえず、次からは鬼ババアを見かけたら奇声を上げられる前に速攻で倒そう。この精神攻撃はヤバイ。シルとルシェは大丈夫だと思うけどベルリアは危ない」

「マイロード、失礼ですがあの様な輩の攻撃など私に通じるはずがありません」

「そうは言っても、前にやられた事があるからな〜」

「くっ……このベルリアもう二度と倒れません」

「まあ、頑張れ」

　そこからは慎重に探索を進めて行った。

　数度鬼ババアが出現したものの、打ち合わせ通り速攻で勝負を決め、先へと進む。

「ベルリア！　速攻で首を落とすぞ！」

「はい、お任せください」

　俺とベルリアは鬼ババアへと走るが先を行くベルリアが突然動きを止めた。

「あ、ああ……爺がいっぱい……爺が〜」

　お、おい、嘘だろ。ベルリアお前……。

　あれだけ、宣言していたのに、まさかやられたのか。

「爺……爺……爺」

　あ〜これは使い物にならないな。

「ルシェ、代わりに頼んだぞ」

「こいつはどうする」

「まあ、頼んだ」

「駄剣か」

俺には鬼ババアを前にして人の事に構っている余裕は無い。集中し直し、全力で鬼ババアへと迫りバルザードの斬撃を飛ばす。

斬撃に鬼ババアが怯んでいる隙に更に踏み込んで一気に首を刎ねる。

ルシェもすぐ様、獄炎を放ち鬼ババアを燃やし尽くした。

「ルシェ助かった」

「ああ、それよりもコイツ」

「爺が……爺……」

「海斗、コイツ燃やしていいか？」

「いや、やめてやってくれ。ベルリアも悪気があるわけじゃないんだ」

「これでわたしの剣？　駄剣がっ。錆びて腐ってるんじゃないのか、これ」

「腐ってはないと思うけど多分精神攻撃に弱いんじゃないか」

「悪魔のしかも士爵が、精神攻撃に弱い？　ふざけてるのか？」

「爺……」

「やっぱり殺す！　いますぐ殺す！　生恥を晒すより今殺してやった方がいい」

「ルシェ、そこはぐっと抑えて、ほっぺたを思いっきりやってやってくれ」

「チッ、殺意が湧いてくる。悪魔の恥だ。オラ～！　さっさと目を覚ませこの駄剣が～！

『バアアアティイイン』」

あ……死んだかも。ベルリアがすごい勢いで飛んでいった。

ベルリアが飛んで行き地面に落ちると同時に回転を始めてゴロゴロと跳ね飛びながら転がって行く。

通常の人間では絶対に耐えられない衝撃だろう。

流石はルシェ、容赦が全く無い。

「おい！　目を覚ませ！　起きないならもう一発いくぞ～！」

ルシェ、もう一発いくと、いくらベルリアでもタダでは済まないと思う。

「はっ!?　姫、私は一体……それに爺は？」

「もう一発必要な様だな」

「いえ、もう大丈夫です。私はまさか……」

「ああ、ベルリアはあの鬼ババアの攻撃に囚われたんだ」

「そんなバカなっ！　私に限ってその様な事は！」

「いや、どう考えても完全にハマってたから。爺って言ってただろ」

「爺……あああっ！　爺」

「まあ気にするな。ベルリアはかかりやすいんだよ」

「そ、そんな」

「ふんっ！　駄剣」

それ以上言ってやるなルシェ。ベルリアは多分精神攻撃が効きやすい体質なんだよ。大目に見てやってくれ。

ベルリアが落ちてしまうというアクシデントはあったもののそこから更に進み、結局十六階層の四分の三に近い位置まで到達(とうたつ)してこの日の探索を切り上げる事にした。

この調子で行けば来週の週末には十六階層を攻略出来るかもしれない。

それにしても、四人も鬼ババアに屈(くっ)してしまうとは完全に想定外だった。

今後、鬼ババア以上の敵がエンカウントすることもあり得る。

どうにか対策したいところだけど、今すぐにできることは少ない。

§

翌朝学校へ着くと春香が声をかけて来た。

「海斗、昨日は鬼婆が出たんだってね。それにしても海斗は真っ黒だね。これとかほとんど背景と同化してるよ」

そう言って見せてきたスマホの画面には、俺が鬼に向かって走り出した後ろ姿が映されていた。

「これって、まさか昨日の戦闘中じゃ」

「うん、ミクが送ってくれたよ」

「嘘だろ。これって俺の後ろでスマホを構えて撮ったって事だよな」

「うん、戦闘シーンもあった方が良いだろうからって」

「ミク……」

「それとね、これはヒカリンから」

次に映し出された画面はベルリアがルシェにぶっ飛ばされた瞬間の写真だった。

これはシャッターチャンスを狙ってなければ撮れる写真ではない気が。

「ルシェちゃんもベルリア君も可愛いよね。本当にみんな仲がいいんだね」

「そのシーンは仲が良いっていうのかな」

「仲が良くないとこんなに思いっきりビンタなんか出来ないでしょ？」

「そうかもな」

そういう考え方もあるのか。だけどルシェの場合はそうではない気もする。

「でもね、私は一番シルちゃんが好き」

そう言ってシルの映った画面も見せてくれた。

「本当に可愛いよね。私も写真で撮ってみたいな～。輝いて見えるんだろうな」

「ダンジョンの外には出れないから難しいかもな。春香がダンジョンに入るには探索者になるしかないし」

「そうだよね。私には無理かなぁ」

「春香！　無理するようなことじゃないから」

「でもこの三人を思いっきり写真に収めるのも夢みたいな話だよね」

「まあ、ミクとヒカリンに頼んで一杯送ってもらうのがいいと思うよ」

「海斗も送ってくれると嬉しいな」

「わかったっていいたいところだけど。う～ん、あの三人の写真か～。まずルシェは無理じゃないかな～。他の二人は大丈夫だと思うけど二人だけ撮ってるとルシェが拗ねる」

「ふふっ、ルシェちゃんは本当の妹みたいだね」

「まあそうなんだけど、妹にしては手がかかりすぎる」

「そっか～シルちゃんの写真がもっといろいろ欲しかったな～」

「まあ気持ちは分かる。シルはルシェと違って天使、いや女神だからな。心のオアシスだよ」

「そうなんだよね、女神様なんだよね。こんなに可愛らしいのに神様なんて信じられないよ」

「まあルシェも一応姫らしいけどな」

「それも納得だよ。ルシェちゃんも写真からでも気品が感じられるし」

「気品ね～食い気は感じられるけど」

どうやらミク達と写真のやり取りをする事で俺のサーバントにも興味を持ったらしい。

「海斗がダンジョンに潜るのは何も言えないけど、絶対に危ないことしちゃだめだからね」

「大丈夫だって」

「何があっても絶対戻って来るんだよ。じゃないと……」

「わかってるって。サーバントが三人もいるんだぞ。神様がいて何かあるわけないだろ」

「うん」

でも、そんなにシルの事が気に入ったなら今度こそそっと一枚ぐらいシルの写真を撮ってきてあげようかな。

§

放課後いつものように一階層でスライムを狩る。

「なあ、シル、写真とってもいいかな」

「ご主人様、写真というのは？」

「写真ていうのはこれだよ」

俺はシルにスマホの画面に映る写真を見せてみた。

「これはずっとご主人様のところに私がいるという事でしょうか？」

「まあ、そうとも言えるけど、この中に写真として姿を残すって事だな」

「はい！　もちろん大丈夫です。是非お願いします。いくらでもお撮り下さい。シルは嬉しいです」

「よかった。それじゃあポーズとかとってもらっていいか？」

「はい！　これでいかがでしょうか」

「ああ、いいんじゃないか？」

「おい！　ちょっと待て！　なんでシルだけ写真とやらを撮るんだよ。わたしにはなんで頼まないんだ。おかしい！　いじめか！」

「いじめじゃないって。だってルシェは嫌がるかと思って」

「あ、ああ、もちろん嫌だぞ。だけど海斗がどうしてもって言うなら考えてやらない事もないぞ。どうしてもって言うならな」

「いや、流石に嫌がる事を強要は出来ないから、無理には頼めない」

「は？　わたしがどうしてもって言うなら良いって言ってるんだぞ！」

「だから無理強いはしないって」

「くっ……お願いするなら考えてやるぞ」

これはあれか？　シルを撮るならルシェも撮ってくれって事か？

まあ、そんなに撮って欲しいなら撮ってやろうかな。

絶対嫌がると思ってたのに反応が思ってたのとちょっと違うな。

「分かったよ。じゃあルシェにもお願いするよ。写真撮らせてくれ」

「ふんっ！　そんなにどうしてもって言うなら仕方がないな。海斗がどうしてもって言うからだからな。勘違いするなよ」

「ああ、そうだな」

「それじゃあルシエもポージングしてみてくれ」

「こ、こんな感じか？　どうだ？」

「ああ、いいと思うぞ。グッドじゃないか？」

「マイロード私はいかが致しましょうか？」

これはあれか？　もしかしてベルリアも撮って欲しいのか。

だけど春香はベルリアの写真が欲しいとは一言も言ってなかったな。

ただ、ここで一人だけ仲間外れにするのもな～。

「それじゃあ、ベルリアの写真も撮らせてくれるか？」

「はい、もちろんです」

「それじゃあ一応ポージングしてくれ」

「はい、お任せください。これでいかがでしょうか」

「まあ、いいんじゃないか」

結局三人の写真を撮ることになったので、それぞれにポージングしてもらいスマホのシャッターを切った。せっかくなのでペアや集合写真も撮っておいた。

結局十五分近く撮影していたのでかなりの枚数が撮れた。

画面を確認すると三人共流石の写りで、正直テレビに出ている子役など比較にならない程輝いている。

　シルとルシェはもちろんの事ベルリアも画面で見るとかなりの物だと思う。

　次の日春香にスマホを見せて欲しい写真を選んでもらった。

　ベルリアの写真は二枚だけ選びシルとルシェの写真は全部欲しいとの事で全部送る事になった。

　ベルリアが問題なわけじゃない。

　やはりシルとルシェは写真でも別格だったようだ。

「海斗、三人の写真をこんなに貰えると思ってなかったから嬉しいよ。待ち受け画面にするね」

「ああ、そんなに喜んでもらえると撮った甲斐があるよ」

　後で設定した画面を見せてもらうと、そこには三人が並んでポージングしている画像が表示されていた。

　俺も、こっそりベルリアとシル、ルシェの三人で写っている画像を待ち受けに設定しておいた。

　こんなに反応が良いのであれば、シルとルシェの写真はネット販売とかすれば滅茶苦茶売れたりしないだろうか？

まあ、色々と問題も起こりそうなのでそんな事はしないけど、ダンジョンライフの一つの可能性を見た気がした。

§

「そろそろじゃないかな」

「今どのあたりなの？」

「何もなければ、一時間もあれば着きそうな気がするんだけど」

「ようやくなのですね」

「鬼狩りも終焉か。少し残念だ」

やはりこの階層はあいりさんをおかしくしてしまうらしい。

これがダンジョンの魔力か。

そこから更に奥へと歩いて行くと遂に十六階の階層主がいると思われる部屋の前まで到達した。

そして扉の前に鬼が二体門番の様に待ち構えていた。

「あれって鬼だよな」

16:23
market

「あれがこの階層にいるという事は牛頭馬頭(ごずめず)だろうな」

「牛頭馬頭ですか。確かに見た目そのままですね」

「地獄(じごく)の門番だな」

「という事はあの扉の先は地獄ですか」

「そうかもしれない。まさに開けてみるまで鬼が出るか蛇(じゃ)が出るか分からないと言ったところじゃないか？」

「あいりさん上手(うま)い事言いますね。なかなかこの場面でぱっと出てきませんよ」

「それにしても、襲っても来ないわね」

「多分門番だから門をくぐろうとする相手を襲うんじゃないですか？」

「じゃあ、行ってみる？」

「誰がですか？」

「じゃあ、俺とベルリアで行ってみるか」

「マイロードお任せください」

　俺とベルリアが前に立ち扉に向かって全員で進んで行くと、距離(きょり)が十メートルを切った辺りで、突然(とつぜん)牛頭馬頭(ごずめず)が動き出した。

　手にはそれぞれ大型の棍棒(こんぼう)を持っている。トゲトゲのついた所謂(いわゆる)鬼の金棒というやつだ。

大きさと重量感そしてトゲトゲの威圧感がすごい。

あんなのに殴られたら一巻の終わりだ。バルザードでも厳しいかもしれない。

「ベルリア、来るぞ！」

「はい、お任せください」

俺の相手は牛頭の様だ。牛頭は完全に俺をターゲットと認識した様だ。

十五階層のミノタウロスと同じ牛頭だけど頭から下は屈強な鬼の身体をしており全体的な雰囲気はミノタウロスと少し異なっている。

しかし、俺って思った以上に牛のモンスターに縁があるな。

牛頭が猛然とこちらに向かって走り出して来たので迎撃する為バルザードの斬撃を飛ばすが、ダメージをものともせずに突っ込んでくる。

「シル『鉄壁の乙女』を頼む！」

このままでは牛頭の圧力を殺しきれない。

シルに『鉄壁の乙女』を発動してもらい俺もシルに向かって駆ける。

牛頭の突進よりも、俺の方が一足早く光のサークルの中に滑り込み、直後に牛頭が強烈なタックルを仕掛けてきた。

牛頭の一撃が光のサークルによって防がれると牛頭は怒り狂い金棒を振り回してくるが、

放たれる無数の打撃を『鉄壁の乙女』が完全に遮断する。

今までの侍っぽい鬼が使っていた剣術とは明らかに違う力押しのラッシュ。

圧倒的な力の暴力にもびくともしない『鉄壁の乙女』は驚異的だけど俺自身がこの牛頭のラッシュを防ぐ方法を思いつかない。

多分まともにやりあったら負ける。そんなネガティブなイメージしか湧いてこない。

俺は目の前で猛っている牛頭に向かって『ドラグナー』の引き金を引く。

蒼い閃光が走り、放たれた弾が牛頭の頭を吹き飛ばすが、当然の様に消滅はしない。

これは完全に再生するパターンだ。すぐに首を落とさなきゃだめだ。

俺は牛頭が再生して動き始める前にバルザードを振るい牛頭の首に刃を通す。

バルザードの刃が首を切断すると同時に牛頭は消滅した。

安全な場所からの一撃だったので、あっさりと決まったけど、こいつがエリアボスと言われれば納得する程の圧力だった。

一方ベルリアに目をやると馬頭と交戦している。

今はあいりさんも加わり、牛頭同様のラッシュを二刀を使い凌ぎ切っている。

さすがベルリア、圧倒的力を技術が凌駕している。

上手くいなしているようには見えるけど、あまり金棒の滅多打ちを受けていると剣が折れるぞ！

ベルリアは全ての攻撃を受け流しているが、剣には確実にダメージが蓄積していっているだろうからB級品の剣では安心は出来ない。

ヒカリンとあいりさんがフォローに入り三対一で攻め立てるが、思った以上に金棒の回転数が高く苦戦している。

「お願い、スナッチ」

スナッチが飛び出していき『ヘッジホッグ』を放つ。

突然放たれた鋼鉄の針を浴び馬頭の動きが鈍る。

「ルシェ！　頼んだぞ」

「最近人使いが荒くなってないか？　頼むって言われても聞ける事と聞けない事があるんだぞ？　わかってるんだろうな」

出番が無かったら無いで暴れ始めるのに、ちょっと頼んだらこれだ。

「もういいよ。シルに頼むからルシェは大人しくしといてくれ」

「はぁ？　何言ってるんだよ。誰もやってやらないとは一言も言ってないだろ！　ふざけてんのか？」

「いや別に」

どう考えてもふざけてるのはルシェの方だと思うけど、ここは俺が大人の態度でグッと我慢して言い返す事はしない。

「やればいいんだろやれば。あの馬頭野郎を」

「ああ、頼んだぞ」

「役に立たない奴ばっかりだな。結局わたしが出ないとダメなんだからな。おい、ベルリア避けろ『破滅の獄炎』」

シルの言葉とほぼ同時に獄炎が放たれ、ベルリアはギリギリ避けて燃えずに済んだようだけど馬頭が燃え上がる。

「ヒイイイイン」

やっぱり馬頭の鳴き声は馬か。

獄炎に囚われ燃え上がった馬頭の首をベルリアが落とし勝利した。

「ルシェ、危ないだろ。ベルリアがもう少しで燃える所だったぞ」

「わたしがそんなことするはずないだろ。今のは最高のタイミングだったんだよ」

最高のタイミングというより危険なタイミングだったと思うけど、とにかく牛頭馬頭を倒す事に成功したので階層主のいる部屋に入る事が可能となった。

「それじゃあボス部屋に行くけどみんな準備は大丈夫？」

「問題無いわ」

「ポーションもありますし大丈夫なのです」

「最後の鬼。やはり無……」

あいりさん、階層主は鬼とは限りませんよ。もしかしたら縞々パンツの変態とかが出てくる可能性もゼロではないです。

「シル達も大丈夫か？」

「はい、もちろんです」

「ポーションも持ってるか？」

「当たり前だろ」

「ベルリア、剣は大丈夫か？」

「もちろんです。どんな敵だろうとマイロードから賜ったこの剣で斬ってみせます」

準備は万全のようだ。

俺自身もここまでＭＰを消費してはいるけど最悪マジックポーションがあるので問題はない。

「じゃあ、行くよ」

覚悟を決めて階層主の部屋の扉に手をかけると今回はあっさりと開いてくれた。

ただ薄暗くて中がよく見えないので、思い切ってそのまま中に入る。

俺が先陣をきって中に入ると、他のメンバーに続いて部屋へと踏み入った。

「暗くてよく見えないな」

「ご主人様、まずいです」

「ああ、まずいな」

「我が剣ここにあり！」

どうやらサーバント達は見えているみたいだけど俺にはまだ見えて来ない。

「みんな見えてる？」

「いいえ、まだ目が慣れてないわ」

「私もなのです」

「なんとなく気配は感じるが、一人ではない気がする」

「おい！　お前等、そのまま扉から出ろ！」

「えっ？」

「ご主人様、一旦引きましょう。このまま戦うのは得策ではありません」

「どういう事だ？」

「話は後だ！　さっさと戻れ！」

ルシェが苛立った声を上げるが、こいつが撤退を勧めて来た事など今まで一度もない。

普通じゃないのは分かる。

これは、どう考えても戻った方がいい。

「みんな、ここは一旦戻ろう」

まだ交戦すらしていないが、ルシェ達に情報を聞いてから再度アタックしても遅くはない。

「海斗、ダメだな」

「え？　ダメってどういう意味ですか？　この場は引かないって事ですか？」

「いやそうじゃない、扉が開かない」

うそだろ⁉

ボス部屋は出入り自由のはず。危なくなったら逃げるのはボス部屋の常識だ。

それがなんで開かないんだ？

どういうこと？

俺も慌てて扉に手をかけたがびくともしない。

どうやら俺達はボス部屋に閉じ込められてしまったようだ。

「閉じ込められた」

「くそっ！　やられた。そこを退け！」

「どうするんだよ」

「いいからどけ！　さっさと開け！『破滅の獄炎』」

ルシェが閉じてしまった扉に向かって獄炎を放つが扉が開く様子はない。

ただ、獄炎により周辺部分が明るく照らされて、今まで見えていなかった室内の様子が見て取れた。

「なっ……」

薄明りに照らされた少し離れた所には、無数とも思える程の数の鬼が立っていた。

「うそだろ。ボスって一体じゃないのか？　この数は……」

「海斗さん、多すぎるのです」

「でもやるしか無いのよね」

「百鬼夜行」

「あいりさん？」

「これは、恐らく百鬼夜行だ。百鬼を超える数の鬼の出現。しかも階層主の部屋とくればそれしか考えられない。ダンジョンでは聞いた事はないがアニメの定番だ」

「アニメの定番!?　百鬼夜行!?」

あいりさんのとんでも根拠だが、百鬼夜行なら俺も聞いた事はある。

この鬼の大群、確かに百鬼夜行なのかもしれない。という事はこの鬼達は百鬼もいるという事か？

以前のスタンピードでも百体はいなかったかもしれない。

十五階層のミノタウロスが全部で百体ぐらいだったはず。ただあれは三十人以上で当たって攻略した。

鬼の強さは幅がある。だけど単体の強さは平均するとミノタウロスと比べても大きく劣るものではない。

その鬼を百体相手に単独パーティで攻略？

どう考えても無理だろ。

ゲーマーが言うところの無理ゲーだ。

これがゲームならリセットするか、放置するところだけどこれは現実だ。

そんな事は出来るはずもない。

放置すればこちらがやられてしまう。

「シル『鉄壁の乙女』を絶対に切らすな！　みんなサークル内で迎え撃つぞ！」

シルに壁を背にした状態で『鉄壁の乙女』を発動してもらう。

今まで散々危ない場面を経験したせいで感覚が麻痺してしまったのかもしれない。百鬼を前に絶望感と焦燥感に苛まれながらも、頭ではどうにかこの窮地を切り抜ける方法がないか必死で考えていた。

「ルシェ、遠慮はなしだ！　近づいて来た奴には『破滅の獄炎』をお見舞いしてやれ！　みんなも近づいて来た奴から順番に倒すぞ！」

これしかない。

『鉄壁の乙女』で攻撃を防ぎながら、近づいた鬼を片っ端から倒して行く。

持久戦を覚悟して敵を待ち構える。

ルシェの獄炎と俺の声に反応した鬼が一斉にこちらに向け殺到して来た。

『鉄壁の乙女』が防いでくれると分かっていてもこの数に寄って来られると怖い。

先陣をきり高速でこちらへと向かって来たのは小鬼の一団だ。

群を抜いたスピードでこちらへと迫り攻撃を仕掛けて来るが光のサークルがそれを阻む。

「そんなおもちゃみたいなのが効くはずないだろ！　消えろ『破滅の獄炎』」

「氷漬けにしてやるのです。『アイスサークル』」

「スナッチやっちゃいなさい」

スナッチも『ヘッジホッグ』を放ち群がった小鬼にダメージを与える。

俺は凍った小鬼にとどめをさすべくバルザードの斬撃を放つ。

ベルリアとあいりさんも、光のサークルの中ぎりぎりに立ち、近づいて来る小鬼に向かい武器を振るってダメージを与えて行く。

倒した小鬼の後ろからは二刀使いの鬼が割って入りこちらをめがけて刀を振るって来た。

「ベルリア倒せ！」

俺も向かって来る鬼にバルザードを振るう。極力ＭＰを節約する為に魔氷剣は温存し戦う。

「お願い効いて！『幻視の舞』」

ミクは直接的な攻撃の効果が薄いと踏んで『幻視の舞』を発動する。

直後鬼の一体が、こちらに向けて振り続けていた刀を止めた。

効いたのか？

挙動不審となった鬼に向けてあいりさんが『斬鉄撃』で首をはねる。

流石のあいりさんもこの場では呼Ｑを使う余裕はなかったらしく通常の技を繰り出している。

場を弁えてくれてよかった。流石にこの場で遊んでいる余裕はない。

前線に出張って来る鬼を順番に倒してはいるが、どの程度減らせたのかわからない。

薄暗い中、常に鬼が押し寄せてくるので全体が見えず鬼の数がよくわからない。

「ルシェ、ペースが落ちてるぞ！　もっと燃やし尽くしてくれ！」

「分かってるよ。別にペースなんか落ちてないだろ。敵が多すぎなんだよ！　『破滅の獄炎』」

ルシェの言う事ももっともだ。

恐らく鬼を倒している数はルシェが一番多いとは思うけど次から次へと鬼が押し寄せるので、光のサークルの中とはいえ息つく暇がないのだ。

「ご主人様、もう少しで『鉄壁の乙女』の効果が切れます」

「シル、切れると同時にもう一度発動してくれ。みんなは、切れた瞬間を全力で凌いで！　ヒカリンはタイミングを合わせ融合魔法で爆発させて欲しい」

『鉄壁の乙女』は上手く連続発動させれば、ほとんど切れ間無く発動し続けている様に見えるけど、実際には消えてから次が発動する間にコンマ数秒のタイムラグが発生する。その隙を突かれ万が一の事も無い様に徹底する。

「ご主人様、効果が切れます。いきます。『鉄壁の乙女』」

効果が切れる瞬間を狙って、俺達は放出系のスキルを一斉に放つ。

ヒカリンの融合魔法による爆発とルシェの獄炎で最前列の鬼達は全て吹き飛び十分な時

間を稼ぐ事が出来た。

稼いだ時間で呼吸を整え俺達は再び籠城戦に入るが、鬼達も力押し一辺倒では『鉄壁の乙女』を崩せないと悟ったのか少し距離を保った状態からスキルによる攻撃を仕掛けて来た。

もちろん光のサークルがスキルによる攻撃も防いでくれているが、距離を置かれた事で剣による直接攻撃が届かなくなってしまう。

これにより自動的に遠距離攻撃の術を持たないベルリアが完全に無力化してしまった。

俺は斬撃を飛ばし、あいりさんも『アイアンボール』に切り替えて攻撃を続けるが、遠距離攻撃だけでは決定打に欠けルシェの攻撃に頼る事しかできない。

このままじゃまずい。

ルシェだけじゃ手数が圧倒的に足りない。

「ヒカリン、融合魔法を敵の真ん中に頼む！」

「分かったのです」

ルシェの獄炎に次いで威力があるのはヒカリンの融合魔法だ。鬼を減らすために発動してもらう。

「ドガアアアアン」

融合魔法が爆音と共に炸裂して鬼の集団に穴を開けるが、鬼もすぐに密集陣形を取るのをやめ少数で分散し始めた。

人型のモンスターだけあって思った以上に対応が早い。

それに数が減った気がしない。

ルシェ一人で全部倒す事は不可能だ。

どう考えても先にＭＰが尽きてしまう。

「ご主人様、もう少しで『鉄壁の乙女』の効果が再び切れます」

「分かった。もう一度頼む」

早いな。

もう『鉄壁の乙女』の効果が切れるのか。

鬼達に引かれたこの状況で『鉄壁の乙女』をかけ続ける事はルシェと同じくＭＰの枯渇を招く以外にあり得ない。

以前のスタンピードの時の事が脳裏をよぎる。

「皆さん『鉄壁の乙女』をもう一度かけます。いきます。『鉄壁の乙女』」

再び光のサークルが張られるが、鬼がスキル攻撃を絶え間なく仕掛けてきているので結構危なかった。

何度か繰り返せば、このタイムラグをいつか抜かれる。

手詰まりに近い状態で焦りからか大量に汗が噴き出してくる。

なにかないか。なんとかしないとこのままじゃ数の暴力に呑まれる。

敵の集団の後方から鬼ババアが数体こちらに向かって歩いて来ているのが見える。

まさかとは思うけど、あいつらの精神攻撃って『鉄壁の乙女』で防ぐ事が出来るのか？

もし防ぐことが出来ないなら光のサークルの中にとどまっている今の状態は格好のターゲットになり得る。そんな事はないと思いたい。

「ルシェ！　鬼ババアを倒せ！」

こちらに向かって来る鬼ババアに嫌な予感を覚え、潰す為にルシェに指示を出す。

「ババアは大人しく死んでろ！　『破滅の獄炎』」

ルシェの獄炎が向かって来ていた鬼ババアの一体を燃やし尽くすが、まだ三体残っている。

俺も急いでバルザードの斬撃を飛ばすが、再生能力を持つ鬼ババアを倒し切る事が出来ない。

鬼ババアに対する嫌な感じが拭えない。

俺には第六感の様なものは全く無いけど、なぜかヤバイと感じる。

「ルシェ！　残りも倒せ！」

ルシェが獄炎を放ちもう一体を倒すが、まだ二体いる。

「お爺さん………お爺さんが……」

後方から声が聞こえてきた。

この声はミク。

まさか鬼ババアの精神攻撃にハマったのか。

『鉄壁の乙女』は物理攻撃には鉄壁を誇る。音も風も光も防いでくれる。

だが、精神攻撃は物理的な攻撃とは一線を画す。

僅かばかりの心配はあった。

だけど『鉄壁の乙女』の性能にその心配は頭の中から消し去っていた。

だが、俺の悪い予感が的中してしまった。

どうする？　どうすればいい。

このままサークルの中にとどまれば、シルとルシェ以外はやられてしまう。

「ヒカリン！　今すぐミクを起こせ！　ベルリア、あいりさん！　打って出るぞ！」

「海斗、やるのか。わたしもやるぞ」

「ああ、頼む。シル『鉄壁の乙女』が解けたらお前も頼む！」

「はい、おまかせください。ご主人様は絶対に守って見せます」

幼女に守られる俺。

ここまで来ても格好つかないけど、頼もしい限りだ。

この数の鬼を相手に気配を消したところで、効果はなさそうだ。

『ウォーターボール』

俺は魔氷剣を発動して覚悟を決める。

絶対にここを乗り切ってみせる。

こんなところで春香との約束を破るわけにはいかない。

「おああああああああああ〜！」

身体の底から叫び声をあげ強張る身体と心を鼓舞して光のサークルから足を踏み出す。

脳裏には小学生の時に見た春香の涙が一瞬よぎる。

俺の後にベルリアとあいりさんも続くが、サークルを出た瞬間に今まで距離をとっていた鬼が殺到する。

俺とベルリアとあいりさんでトライアングルを形成して鬼を迎え撃つ。

数が多いのでＭＰは節約したい。したいけどこの数を相手に手加減なんか出来るはずがない。初手から全力で臨む。

目の前に迫る袴の鬼に向かって『ドラグナー』を放ち間髪を入れずに首を刎ねる。

眼前の鬼が消失するとすぐに次の鬼が迫って来る。

数に押され後手に回ってしまう。先手を取りたいけど陣形を崩すと全方位から一気にやられてしまう。焦って一人で突っ込んで行く事は出来ない。

二刀使いの鬼が刀を振るい斬りかかって来るが、動きが妙に緩慢に見える。

アサシンの効果か！

俺は迫り来る刀を掻い潜り魔氷剣を振るい首を刎ねる。

俺の動きが鬼のスピードを凌駕している。

極限とも言えるこの状態でアサシンの力が覚醒しているのを感じる。

鬼を斬り伏せながら、どこか冷静な俺が焦りを感じる。

アサシンの効果を発動して、周囲より素早く動けた事は今まで数度あるけど、必ず代償ともいうべき反動で身体中を痛みが襲って来た。

俺が今までこの効果を発動した事があるのは戦闘中単発的にのみだ。

それでも次の日には全身の筋肉痛に見舞われた。

今は単発で終わらす事は出来ない。

可能であれば数十回数百回と続けて発動させる必要があるけど、果たしてそんな事が可能なのか？

俺の身体は大丈夫なのか？

考えをまとめる間も無く次の鬼が襲って来る。先程と同種の鬼が二刀同時に繰り出してくる。

今は目の前の敵に集中する。

二刀の軌道がハッキリと見える。このままなら斬られる。

俺がバックステップを踏み間合いを外すと俺の鼻先を刀がすり抜けていく。

まだ、覚醒状態は続いている様だ。

追撃が来る前に踏み込み鬼の首を刎ねる。

いける。このままこの戦闘中だけやり過ごせればいい。

今度は鬼蜘蛛と西洋鎧の鬼が二体同時に襲いかかってきた。

斬りかかって来る。この限定された間合いでグレートソードの一撃はきつい。

『ファイアボルト』

鬼蜘蛛に向けて炎雷が放たれ、動きを阻害する。

「ヒカリン助かる！」

俺は『ファイアボルト』により作られた時間の隙間に鬼蜘蛛目掛けて飛び込む。胴体を袈裟斬りにし、返す刀で首を刎ね、西洋鎧の鬼に向かって『ドラグナー』を放つと同時に魔氷剣を首に突き立てた。

「く……うあっ」

俺の背後からあいりさんの呻き声が聞こえて来たので慌てて後方に目を向けると、あいりさんが鬼に押し込まれていた。

この密集状態で薙刀は不利。手数を出せずに敵の二刀に押し込まれている。

俺は躊躇する事無く後方に向けて『ドラグナー』を放つ。蒼い閃光が鬼の頭の一部を吹き飛ばし、あいりさんがそのまま鬼の首を刎ねる。

「海斗、すまない」

どうする？

このままだとあいりさんが持たない。

あいりさんの事を侮っているわけでも舐めているわけでもないけど、この状況で一番先に呑まれてしまうのはあいりさんだ。

「ヒカリン、ミク！　あいりさんの所に援護を集中してくれ！」

どうにか残りのメンバーにフォローしてもらうしかない。

「全然減らないぞ。こいつら蟻か？　どっから湧いて出てるんだよ。さっさとくたばれ！

『破滅の獄炎』」

ルシェの獄炎が前方の鬼を焼き払う。確かに効果を発揮しているはずだけど焼け石に水状態で鬼の数が減った気がしない。

既に三十体近くは葬り去っているはずだけど最初に百鬼いたとすれば残り七十体か？

そもそも初め本当に百鬼だったのかどうかも分からない。

終わりの見えない戦いに体力と精神力が削られていく。

指示を出してから目の前の四本腕の鬼と対峙するが四本の刀を器用に使いこちらに攻撃を仕掛けて来る。

四本対一本の段階でほとんど反則だけど、ルールがあるわけではないので不条理に抗う以外にない。

普段の俺であれば、まともに正面からあたっても勝つのは難しい気はするけど、この場に於いてはそんな事は言っていられない。

相手の四本の刀全てに神経を集中する。

刀が振り下ろされるが、全てが同時ではなく少しずつズレている。

目でそのズレを追いながら、隙間に身体を滑り込ませ避けきれない刀に魔氷剣を合わせていなす。

今のこの状態が所謂ゾーンと呼ばれるものなのかそれとは全く違う時間の流れを超越したものなのかは分からないけど今はこのスキルに縋り鬼を撃つ。

滑らせた魔氷剣をそのまま鬼の首に突き立て身体をぶつけて薙払うと魔氷剣の効果が切れたので、鬼が近づかない様ドラグナーを構えて再び魔氷剣を発動する。

「あっ」

魔氷剣を再度発動して構え直した瞬間、腕と足に痛みが走る。

早い。もう来たのか。

心配していたリバウンドがこのタイミングで現れてしまった。

まだ動けない程じゃないけど、後どれだけ動けるか分からない。

低級ポーションのストックは三本。最後まで持つかは分からないけどやるしかない。

痛む足を動かし目の前の鬼に向かってステップを踏みながら魔氷剣を振るう。

「っつ」

腕の筋肉と腱が痛む。

これが噂に聞く五十肩？　いや腱鞘炎か？

世の中のサラリーマンの人達も痛みを抱えて頑張ってるんだ。このぐらいの痛みで音を上げてる場合じゃない。

俺は痛みを無視して集中力を高め鬼の首を狙う。

鬼も俺の狙いを理解して首を守る様にして刀を構えているので『ドラグナー』に切り替え胴体に風穴を開けてから、がら空きになった首に魔氷剣を叩き込み鬼を倒す。

「ぐうっつ……」

身体が軋む。肩が痛い。手首が痛い。筋肉だけではなく関節も痛い。

低級ポーションを飲むべきなのか判断に迷う。

このタイミングで飲めば最後までもたない気がする。

俺の迷いなど関係無く、鬼が襲って来る。

子鬼が分銅を投げてきたけどしっかりと見えている。すっと躱すが距離があるのでこちらからは行けない。

僅かばかりの膠着状態を破る様に大型の鬼がこちらに向けてタックルを仕掛けてくる。

避ければ背後にいるあいりさんが背中から直撃を受けてしまうかもしれない。迎撃するしかないけど、この勢いを止めるにはどうすればいいんだ。

「ご主人様の邪魔をするな。消えなさい。『神の雷撃』」

シルの声と共に雷が走り大型の鬼が消滅した。

「シル、助かった」

「ご主人様、私も一緒に戦います」

「ああ、頼んだ。ルシエ、ミクとヒカリンの前で戦ってくれ！」

シルがここにいるという事はミクとヒカリンも『鉄壁の乙女』の加護が無くなったという事だ。あとはルシエに守ってもらうしかない。

「分かってるって。それにしても数が減らないぞ！　どっかに女王蟻みたいなのがいるんじゃないのか？　あ～さっさと地獄に落ちろ。うっとうしいんだよ！　『破滅の獄炎』」

「本当に群がって来て困りますね。そこをどいてください。我が敵を穿て神槍ラジュネイト」

シルとルシエの攻撃が鬼を消滅させ一瞬空白が出来るがすぐに次の鬼で空間が埋め尽くされる。

あいりさんに一瞬目を向けるとミクとヒカリンが交互に援護して持ち直しているようだ。

ただこれもいつまで持つか分からない。

ベルリアは淡々と剣を振るっている。一切の派手さを捨て、正に剣を振る悪魔と化し二刀を振るい続けている。

通常の攻撃に混ぜて『アクセルブースト』を使い鬼を消滅させていく。

「ボギィイン」

目の前に立ちはだかる西洋鎧の鬼の首を刎ね飛ばした瞬間に左手に持っていたバスタードソードが根本から完全に折れてしまった。

「ああっ！」

その光景に思わず声を上げてしまったけどベルリアは僅かに根元の刃が残ったバスタードソードを目の前の鬼に向かって投げつけ残ったブロードソードで斬りつけた。

あの折れたバスタードソードは二十五万円だった方だ。

B級品の瑕疵がこんなところで出てしまったのか？

いや、これだけ酷使すれば折れて当然か。

ベルリアの『アクセルブースト』連発で酷使され使用限界を迎えてしまったのだろう。

ただ今この時に折れるとは厳しすぎる。

そもそも、もう一本のブロードソードも同じ時に購入したものだ。まさかとは思うけど、同じタイミングで折れたりしないでくれよ。

「ご主人様、集中を！」

ベルリアに気を取られていたが俺にも余裕はない。

前方の鬼に意識を戻すが、今まで見た事の無いタイプの鬼だ。

「鬼ジジイ？」

風貌は鬼ババアを彷彿させるがどう見ても男の鬼だ。

鬼ババアと対をなす鬼ジジイか？

俺は魔氷剣を構え、鬼ジジイに備える。

鬼ジジイは俺との距離四メートル程の場所で足を止めた。

何だ？　何でそこで止まる？

いや、今は考えている時間が惜しい。魔氷剣の斬撃を飛ばす。

その瞬間、左手の指にはめていたレジストリングが砕ける感触を理力の手袋の内側から感じた。

俺のはめていたレジストリングの効果は対気絶用だ。

つまりこの鬼ジジイは気絶のスキルを俺に向かって放って来たという事だ。

こいつはヤバイ！

次の瞬間、躊躇う事なく『ドラグナー』を放ち鬼ジジイにとどめを刺すべく前方に大きく踏み出して首を刎ねる。

鬼ババアもヤバかったけど、この鬼ジジイのスキルはヤバイ。

俺のレジストリングは使い捨てなのでもう無くなってしまった。

「みんな気を付けろ！　鬼ジジイがヤバイ！　気絶のスキルを使って来るぞ。相対したら

れ！」

速攻で倒すんだ」

鬼ジジイは一体だけじゃ無い。次くらったらどうなるかわからない。

「マイロードお任せください！　私が蹴散らしてみせます」

いや、ベルリア、お前はとにかく目の前の敵を倒して気絶しないようにだけ集中してく

「ルシエも鬼ジジイを見つけたら速攻で倒してくれ！」

「あ〜ババアもジジイも厄介だな。さっさとくたばってろ！」

目を凝らしてみると前方の鬼の後には鬼ジジイの一団が見て取れる。

ヤバイ、あいつらが集団でスキルを発動したら防ぐ術がない。

「シル、ルシエ！　あいつらを頼んだあああぁ〜！」

シルとルシエにもすぐに意図は伝わり、目の前の敵をなぎ倒し、即攻撃を叩き込んでく

れたけど、まだ残っている。

俺は目の前の鬼と戦っているために手が回らない。

『ドラグナー』を連射して目の前の鬼を退け首を刎ねる。その瞬間、身体の痛みと同時に

気持ち悪い虚脱感に襲われた。

まずい。

この感じ、ＭＰ切れの症状だ。

俺は迷わずマジック腹巻から低級ポーションを取り出し一気に飲み干した。

身体から痛みが抜けていく。低級ポーションもマジックポーション程ではないけど、ＭＰが回復するのでこれでまだ戦える。眼前に迫る鬼ジジイに攻撃を加えるべく、前方に向かって大きく踏み出す。

踏み出すとほぼ同時に俺の後方から音が聞こえて来た。

『ドサッ……』

この音はまさか。

この人が倒れたような音はまさか。

俺は魔氷剣の斬撃を鬼ジジイに向かって飛ばすと即座に音のした後方を確認する。

ぁあ……。

ベルリア。

やっぱりお前か。

音が聞こえてきた瞬間に予測は出来てたけど、実際にこの場面で倒れているのを見てしまうと、さっきのベルリアとのやり取りがギャグか、これのためのふりだったのかと思えてしまう。

あれだけ気を付けるよう注意したのに。

いずれにしてもこのままじゃベルリアが危ない。相対していた鬼が倒れたベルリアに刀を振りかぶり襲いかかろうとしている。

俺は燃費度外視で再び『ドラグナー』を連射しベルリアに刀を振り上げていた鬼を撃ち、全力でベルリアの下に走った。

「おい！　ベルリア！　起きろ！　目を覚ませ！」

ベルリアを庇うように立ち背後で倒れているベルリアに声をかけるが反応が無い。

ベルリアが倒れてしまったせいで完全にトライアングルのフォーメーションが崩れてしまった。

シルが俺のいた位置へと入り立て直す。

「ベルリア！　目を覚ませ！　死ぬぞ！」

大声を上げベルリアの覚醒を促すが全く反応がない。ルシェもミクとヒカリンを護りながら戦っているので誰もベルリアを起こしに向かう事ができない。

「わたしが起こしてやる。燃やせば死ぬ前に起きるだろ！」

「いやっ、それはダメだ！　二度と起きることが出来なくなってしまう」

あのルシェの感じは本気だ。

ベルリアに獄炎を放つつもりか？

あれは火力が強すぎる。いくらベルリアが悪魔とはいえ気を失った状態であれをくらえば、おそらく燃え尽きてしまう。

流石に、それはやらせるわけにはいかない。

だけど前衛の枚数が一枚減った状態を長くは続けられない。

こうなったら躊躇してる場合じゃない。

「ミク！　ベルリアを撃て！　スピットファイアで撃ってくれ！」

「えっ。海斗！　ベルリアを撃つの⁉」

「ああ、頼む！　頭以外を狙ってくれ！　ベルリアなら回復できるから大丈夫だ！　ミクがやってくれないと獄炎で消し炭にされてしまう。ただしリングは外してやってくれ」

流石に強化された炎弾は刺激が強すぎるので、リングを外して小火球を放ってもらう。

「わかったわ」

意を決したミクがベルリアに向かってスピットファイアの引き金を引いた。

小さめの炎弾がベルリアめがけて飛んでいき、背中部分に着弾した。

「うぅ～ん」

信じられない事に鎧と魔法耐性の強さが仇となり、火球が直撃したにもかかわらず、まだ目を覚まさない。

「ミク！　続けてくれ！　急いで～！」

俺は眼前の鬼に向かって魔氷剣を振りながら声を上げる。

「本当に大丈夫？」

「だいじょうぶだ！」

「わかった。ベルリアごめん」

今度はミクも確実にしとめるために、スピットファイアの三連弾(れんだん)を放った。

「う……ぐ……あ」

ベルリアが着弾の度に変な声をあげる。ベルリアなら大丈夫だよな？

「あ、ああ、ここは？　背中が背中が熱い！」

「ベルリア、起きたか！　お前鬼ジジイにやられて気を失ってたんだぞ」

「ま、まさか……この私があんなジジイにやられるはずが」

「それはいいから！　背中は大丈夫なのか？」

「そ、それがものすごく痛いです。焼けただれたような痛さが」

「そうか……『ダークキュア』をかけとけよ」

「はい、ご心配ありがとうございます」

まあ、素直でいい奴なんだけどな。

間違い無く俺よりも強いし普段から活躍しているのに、時々やらかしてしまうのが痛すぎる。

「ベルリア！　鬼ババアと鬼ジジイに気をつけて、早く戦線に復帰してくれ！　このままじゃきつい」

「マイロード、お任せください」

『ダークキュア』を発動してからすぐにベルリアが戦線に復帰し、俺はシルとベルリアの間に入り、鬼に立ち向かう。

もう、俺は何体の鬼を倒しただろうか？

十体目ぐらいまでは記憶にある。ただそこから先は、もう数はわからなくなってしまっている。ただ黙々と狩り続けている。

淡々としているのか朦朧としているのか自分でも良く分からなくなって来た時だった。気がつくと隣で発光現象が起こっていた。

ベルリアの身体が光っている。

このタイミングでレベルアップしたのか！

手詰まりともいえるこの状況。ベルリアのレベルアップが戦況を傾ける要素になりえるかもしれない。

そんな淡い期待を抱き慌ててベルリアのステータスを確認する。

種別　士爵級悪魔
NAME　ベルリア
Lv2↓3
HP　78↓48／86
MP　89↓42／96
BP　99↓108
スキル
ダークキュア
アクセルブースト
ヘルブレイド　NEW
装備　魔鎧　シャウド
ブロードソード

レベルアップしたにもかかわらずかなり消耗しているのはミクの炎弾のせいか。

おおおおっ！　新しいスキルが発現している。しかも強そうな名前だ！

ヘルブレイド……自らのHPとMPを地獄の刃に変換して持っている武器から撃ち出す事が出来る。

これは、待望の遠距離攻撃スキル！　近接しか出来ないベルリアには垂涎だったスキルだ。HPも消費するというのが気にはなるけど悪魔なのでこのぐらいは仕方がない。

「ベルリア！　新しいスキルを使ってみろ！」

HPを消耗した状態での使用はリスクもあるけど今はそれしかない。

「はい、お任せください。『ヘルブレイド』」

ベルリアがスキルを発動すると禍々しい黒い妖気のようなものが剣から立ち昇り、振ると黒い刃が放たれる。

黒い刃が黒炎をあげ前方にいた鬼の首を刎ねてしまった。

「おおっ！」

ベルリアのステータスを確認するがHPとMPが4ずつ減少していた。使いすぎは危ないが今この時には助かる。

「ベルリア！　斬って斬って斬りまくれ！」

「お任せください！　『ヘルブレイド』『ヘルブレイド』」

ベルリアがスキルを連発してくれたおかげで周囲の鬼が倒れ、一瞬だけ時間が出来る。

およそ半数ぐらいには減ったのだろうか？

減っているのは間違いないけど、こちらの消耗が大きい。

ルシェが言っていたようなリーダーかボスのようなのはいないのだろうか？

「あいりさん、大丈夫ですか？」

「ああ、正直大丈夫じゃないな。もうすでにポーション三本目だ。そろそろお腹がいっぱいになって来たよ」

あいりさんの消耗が激しい。

どうにかして負担を軽減してあげたいけど、俺も既にポーションを二本飲んでるし余裕が無い。

「マイロード、ポーションを頂いてもよろしいでしょうか？」

ベルリアもか。想定よりも早い。

「『ヘルブレイド』を使い過ぎてＨＰとＭＰが減ってしまいました」

「わかってる」

消耗した状態で、あれだけ連発すればそれはそうなる。

俺の持っている低級ポーションは残り一本だけど幸いにもシルとルシェにも一本ずつ持たせているので、この一本をベルリアに渡してもまだ余裕はある。

「ベルリア、これで最後だからな！　そのつもりで頼むぞ」

「はい、ありがとうございます」

俺は自分の持っている最後の低級ポーションを取り出してベルリアに渡し、俺は奥に見えた鬼ババアに向けて『ドラグナー』を放つ。

「『斬鉄撃』　ふぅふぅ。くぅっ『アイアンボール』　ぐっ……」

やはりあいりさんは限界が近い様に見える。

このままではまずい。

「シル、ルシールを喚んであいりさんのフォローにつけてくれ！」

燃費を考えると持久戦のこの場面での召喚は悪手だけど今あいりさんを休ませなければ取り返しがつかなくなる。

「わかりました。我が忠実なる眷属よここに顕現せよ。『ヘブンズゲート』　ルシール来なさい」

シルの召喚に応じてルシールが姿を現した。

「ルシール、あいりさんのフォローに入って出来る限り鬼を倒せ！」

「お任せください。あなた達、海斗様達の邪魔です。さあ、お還りください。『エレメンタルブラスト』」

風が巻き起こり前方の鬼が巻き上がる。

「あいりさん、今のうちにポーションを飲んで休んでください！」

「すまない」

低級ポーションを飲むとＨＰは回復する。ただあいりさんは既に何本か口にしている。

たとえポーションを飲んだとしても完全に身体の調子がリセットされるわけではない。

「ヒカリン、アイスサークルをあいりさんの前に頼んだ」

ほとんど効果はないかもだけど、氷の壁があるだけで精神的な余裕が生まれるはずだ。

俺はそのまま戦いを続けるが、膝に力が入らなくなり踏ん張りがきかない。

腕はまだ動くので魔氷剣の斬撃を飛ばして応戦するが、このままでは、鬼にとどめをさすために踏み込む事ができない。

「ルシエ、預けてあった低級ポーションをこっちに頼む！」

こうなったら少し早いけどポーションに頼るしかない。

「ないぞ」

「え？」

「だからもうない」

「ない？」

「ああ、さっきわたしが飲んだ」

「わたしが飲んだのか？」

「ＭＰがちょっとキツくなって来たから飲んだ」

「あぁ」

ちょっと待ってくれ。完全にルシェに渡してあったポーションも計算に入っていたのに飲んで、もうないのか？

しかもＭＰがきついんだったらマジックポーションだろ！

どう考えてもＨＰは大丈夫だっただろ。

今更だけどルシェに渡すのはマジックポーションにしたほうがよかったかも。

これが後悔先に立たずというやつか。

「シル、預けてた低級ポーションは？」

「もちろんありますよ。どうぞお使いください」

あぁ、やっぱりシルは女神だ。ルシェとは全く違う。

だけど、これが本当に最後の一本となってしまった。

かなり切迫してまずい状況だ。だけど動けないこの現状はもっとまずい。

俺はシルから低級ポーションを受け取り、一気に飲み干した。

本日三本目の低級ポーションなのでそろそろお腹も水膨れで苦しくなって来た。

ポーションの効果で膝に力が戻り動けるようにはなったけど下手な動きをすると横っ腹が痛くなりそうだ。

どれだけの時間が経過しただろうか？

時間の経過が遅く感じてしまう。

既にルシールも去りあいりさんも戦線復帰してくれている。だけど俺は限界が近い。

『アサシン』の能力覚醒によりどうにか鬼を撃破出来てはいるけど、リバウンドで動きがどんどん鈍くなっているのがわかる。

既にポーションでも完全回復は望めない。

「ヒカリン！」

今度はミクの声が後方から聞こえて来たので慌てて声の方に目を向けるとヒカリンが真っ青な顔で膝をついていた。

あの感じは魔力切れか！

「ミク！　ヒカリンにマジックポーションを！」

低級ポーションを取り出しミクへと投げる。

「これってまさか……」

「いいから、早く！」

魔力切れの状態は死ぬ訳では無いけど著しく体調が悪化する。

このままでは戦えるような状態ではなくなってしまう。一刻も早く回復する必要がある。

「ヒカリン、ごめん」

意を決したミクが低級マジックポーションの蓋を開け、真っ青なヒカリンの口に向けて流し込んだ。

「うううううぅぅ……オエッ」

ヒカリンの悲鳴とも取れる声が上がるが、なんとか低級マジックポーションを飲み干した様だ。

苦虫をつぶした様なヒカリンの表情。あの気持ちはわかる。だけどマジックポーションの効果で血色が戻って来たのが見て取れる。

「海斗さんミクさん、恨みますよ。ううっ」

「バキイイン」

この金属音は。

まさか。

恐れていたことが遂に起こってしまった。

ベルリアの持っていたブロードソードが折れた音だ。

バスタードソードは既に折れ、可能性は考えていたけどこのタイミングでか。

ここまでの戦闘で急激に負荷をかけているので数打ちのベルリアの剣が限界を迎えてもおかしくはない。

だけど痛い。痛すぎる。

『ヘルブレイド』が消耗を加速したのかもしれない。

ベルリアも手元に残った刃の部分で果敢に鬼と渡り合っているが、それも長くは持ちそうにない。

徒手空拳。それでもベルリアなら鬼と渡り合えるかもしれない。ただ数を相手にすることは難しいだろう。

もう猶予はない。

「ベルリア！　これを使え！」

「マイロードそれは⁉」

「いいから使え！」

俺はベルリアに向けてバルザートを投げて渡す。

もうこれしかない。

ベルリアにバルザートを使わせ、俺は『ドラグナー』で戦う。

受け止める剣も攻撃する剣もない事に不安がないといえば嘘になるけど『ドラグナー』で首を狙い至近距離から放つ。

アサシンの能力が覚醒している今なら何とかなる。いやなんとかするしかない。

目の前の鬼が俺が武器を手放したのを見て一気に攻勢に出てきた。

今の俺には防ぐ武器はない。

神経を集中して鬼の動きを見切る。振るって来る刀に対して俺が取れる動きはサイドステップとバックステップの二つしかない。振り出してくる瞬間に判断して避ける。

いくら俺がアサシンの効果で速く動けるとは言っても、タイミングを間違えると普通に斬られる。とにかく目の前の鬼にだけ集中する。左からの袈裟斬りに対して、右ではなく左への移動を選択し、完全に鬼の側面を取った。

五十センチ程の距離にある鬼の首に向かって『ドラグナー』を躊躇なく放つ。

蒼い閃光が走り弾丸が首に着弾し胴体から頭部を飛ばし消滅に追いやる事に成功する。

『ドラグナー』だけでもいける。

ベルリアも初めて使うバルザートを器用に振るい鬼を退けている。

鬼を倒し切るのが先か、俺達の体力が尽きるのが先か。

「すまない。海斗、もう腕に力が」

あいりさんが薙刀を手から落としてしまった。

度重なる斬撃で遂に薙刀を持つ握力が無くなってしまったのか。

既にポーションも飲みつくしたのだろう。

「あいりさん！　ルシェの後ろに下がって！」

あいりさんに下がってもらい、俺とシル、ベルリアで鬼の一団を押し返す。

鬼の数は減ってきてはいるものの、前衛が三人に減ってしまった影響で、急激に負担が増す。

剣を持たない今の俺では複数を同時に相手取ることは出来ない。とにかく挟まれない様に立ち回るしかない。

「ヒカリン！　『アースウェイブ』を周りに張ってくれ」

鬼の動きを止めるためではなく、少しでも敵からの攻撃範囲を狭めるためにヒカリンに

『アースウェイブ』を発動してもらう。

これで効果が続く限り侵入経路は限定できるはずだ。

もう一度ルシールを出してもらうか？

ルシールを出せば、盛り返せるはずだ。

「シル！　ルシールをもう一度頼む」

「ご主人様！　ルシールを喚んでしまうとＭＰが切れます」

シルもそこまでか。

こうしている間にも鬼は押し寄せて来ている。

「シル、やってくれ！　ルシールを喚んでくれ！」

「かしこまりました。我が忠実なる眷属よここに顕現せよ『ヘブンズゲート』」

再び戦場へとルシールを喚び戻し、戦況を立て直す。

「ルシール頼んだ。お前だけが頼りなんだ。とにかく鬼の数を減らしてくれ！」

「お任せください。ほら、海斗様がお望みです。お還りください『エレメンタルブラスト』」

迫って来ていた鬼が空中へと巻き上がり、少しの時間だが攻撃の手が止んだ。

「シル、今のうちにこれを」

このタイミングを逃さずにスライムの魔核をシルに差し出した。

「こんなに良いのでしょうか？」

「いや、今しかない。これで少しでも回復をしてくれ」

これだけ魔核を摂取すれば、シルの体力もＭＰもかなり回復するはずだ。

「あああ～！　ずるい！　ずるい！　シルだけずるい！」

ずるい、ずるくないの問題じゃない。

なんで、戦闘中にこっちを見てるんだよ。

「騒がなくてもルシェの分もあるって」

「じゃあ今すぐくれ。すぐにくれ。わたしもＭＰがまた切れる」

今すぐって言われても、この状況でどうやって渡すんだよ。

「とりあえずこれがシルの分な。ルシェは終わったらな」

「無理！　無理！　無理！　ミク今すぐ海斗から受け取って来てくれ」

「はいルシェ様、わかりました」

我慢する事を知らないルシェはミクをこちらに寄越して来たので、素早く残りの魔核を渡しておいた。

そしてこの時点で気がついてしまった。

さっきベルリアに渡した低級ポーションって魔核でよかった。

やってしまった。

ベルリアが突然HPとMPが切れたと言い出すからテンパってポーションを渡してしまったけどサーバントなんだから魔核でよかったんだ。

この切迫した状況での低級ポーション一本分の価値は計り知れない。

絶対に必要な冷静さが足りなかった。

状況が切迫すると焦って判断ミスをしてしまう。

そんな自分にショックを受けてしまうが、ルシールの稼いでくれた時間が終わってしまう前に戦闘態勢を整え直す。

残念ながら俺のMPもそろそろ底を突きそうだ。

「シル！　俺が戦える時間もそれ程残ってない！　ルシールと一緒に一気に行くぞ！」

シルのMPは今のでかなり回復しているはず。ルシールの召喚もまた使用できるはずだ。

このまま四人の間に殲滅するしかない。

俺は最後の気力を振り絞り残る鬼に向かって行く。

俺自身は直接的なダメージはほとんどくらっていない。

掠った程度で明確なダメージは負っていないしHPはまだ大丈夫だ。

だけど、身体が悲鳴を上げて動かなくなって来た。また足が思うように動かない。

そしてついにMPが尽きてしまったので覚悟を決めて低級マジックポーションを飲み切る。

「グッ、カハァ、まずい」

戦闘への集中力を完全に削いでしまうまずさだ。

マジックポーションの効果でMPが回復する。だけどもう近接戦闘は無理だ。

その場から鬼に向かって『ドラグナー』を連発する。

もうMPが尽きるまでこの場から撃ち尽くすしか術がない。

前方ではヒカリンの放った『ファイアボルト』が炸裂し鬼にダメージを与える。

みんな分かっている。

ここが勝負所だ。

これ以上は無理だ。俺達は凌ぎ切れない。ここで完全に押し切ってしまうしかない。

総攻撃とも呼べる一斉攻撃を敢行するが、その間にもMPはどんどん削られていく。猶予はない。

「ルシエ！　前に出てくれ！　俺が代わる」

ルシエに守りを捨てて完全に攻撃に参加してもらう。

敵の数も減って来ているし、俺と他のメンバーでこの場は凌ぐ。

「あ～さっさと死ね！　あの奥にいるのがボスか？　あいつら倒せば終わりか？」

ルシェの声に反応して奥を見ると確かに、見た事のない鬼が二体立っている。

今まで鬼の群れで奥の状況までわからなかったけど、数が減って来た今なら確認出来る。

明らかに他の鬼とは一線を画す威圧感と風貌。

一体は蒼、もう一体は白い肌をしており、二体とも猛獣を思わすような、鋭い眼光と体躯をしている。

「あれはまさか無……いやちがうな。熊童子と虎熊童子か？」

「あいりさん、あいつらの事知ってるんですか？」

「確証は無いが、あの風貌、蒼と白。大江山四天王の二鬼だ」

「大江山ってあいりさんの家の近くなんですか？」

「何を馬鹿な事を！　大江山は今の京都だ」

「京都の鬼なんですか？」

「ああ、それなりにメジャーな鬼だ。何しろ四天王だからな」

鬼だけど王なんだな。それにしてもあいりさん、鬼に詳しすぎだろ。

いずれにしても、俺達メンバーはいずれ援護も出来なくなる。

であれば今しかない。

「シル、ルシェ、あの二体を倒せ！　ベルリア、ルシールと周りの鬼を蹴散らすんだ。ミク、スナッチを前に出してくれ」

ここに全てを注ぎ込む。

これを凌がれたら、サーバント達はともかく俺達はもう後がない。

俺の指示を受けてスナッチが前面に踊り出し『ヘッジホッグ』を放つ。

俺達も残るＭＰを投入してシル達をフォローする。

シルとルシェは、前方の鬼の壁を突破して虎熊童子と熊童子の前にたどり着いたようだ。

後は二人に託すしかない。

シルとルシェを前に虎熊童子と熊童子も動き出した。

それぞれが斧と刀を持っている。　振るう刃からは虎と龍を思わせる衝撃波のようなものが放出されているのが見える。

あれはスキルか？

二人共上手く避けてはいるようだけどあっさりと倒せる感じじゃない。

「ヒカリン！　融合魔法をあそこに放って！」

ルシールが消えてしまう前にできる限り数を減らす。

「はい、わかったのです」

ヒカリンが融合魔法で鬼一体を消滅に追いやる。

「はっはっは～。いいです、いいですよ。どんどん来てください。まとめてこの私が相手をしてあげますよ」

こんな状況にもかかわらずベルリアは念願のバルザードを振るえてテンションが爆上がり状態となっている。

一方俺は、『ドラグナー』を連発し、ついにMPが尽きてしまった。

これ以上は『ドラグナー』を放つ事が出来ない。

これで俺はもう本当に全て出し尽くした。

俺にはもう出来る事は何もない。

後はみんなに託すしかない。

「おい！　海斗！　まだHPは残ってるんだろう。敵はまだまだいるんだ。一人終わってる場合じゃないぞ！　絞り出せ！」

俺が燃え尽きようとしていた時、ルシェの容赦のない声が聞こえて来た。

「ルシェ！　絞り出せってどういう意味だ」

「そんなの一つしかないだろ！　ＨＰが残ってるならわたしに寄越せ！」

その一つはもしかしなくてもあれか……。

ルシェ、本当に俺の最後の一滴まで絞り取る気か。

確かに合理的ではある。

今の俺はもう戦力となり得ない。それならばルシェの糧となり戦力の底上げを試みた方が可能性が上がる。

この戦闘を乗り越えればレベルアップする可能性も高い。仮にHPを大幅に消耗したとしても戦闘後に回復するかもしれない。

後は、俺の覚悟だけか。

「ルシェ！　ポーションはもうないんだ。これで本当に最後だぞ。今回は遊びはなしだ。遊んだら冗談抜きで死ぬからな。振りとかじゃないから！」

「そのぐらい分かってるよ。わたしを何だと思ってるんだ。いいんだな？　それじゃあ、いただくぞ！『暴食の美姫』」

ルシェ、もうセリフがおかしいぞ。いただくぞって。

「ふうぅきたあああ！」

きた〜！　キツイ。このＭＰ枯渇状態からの『暴食の美姫』いつになくキツイ。

俺の命が吸われていく。立っていられない。

「海斗！　大丈夫？」

ミクが横について気遣ってくれる。

「いや、大丈夫じゃない」

一刻も早くルシェに終わらせてもらうしかない。

「ふふふっ。虎熊童子とやら、もうお前の命もここまでだ。わたしがこの姿になった以上、逃れる術はもうないぞ。せいぜい残り少ない命を楽しめ」

「大きくなった程度で笑わせてくれる」

ボスだけあって普通にしゃべれるのか。

それにしてもルシェ、完全にセリフが悪役のそれになってるぞ。まあ悪魔だから悪役で間違いないのかもしれないけど今のやり取りだけ切り取るとどっちが敵役か分からない。

「いつもなら時間いっぱいかけて楽しみたいところだが、流石に今は無理っぽい。さっさと死んでくれよ。お前らも死なないように避けろよ」

お前らって俺達の事か？

「星屑となって燃え尽きろ！『爆滅の流星雨』」

ルシェがスキルを発動すると、上方から巨大な火の玉が降ってきた。ある程度範囲指定は出来ているようだけど、逸れた火の玉がこちらへと落ちてくる。

これが文字通り流れ弾というものなのだろうけど、これは当たると死ぬやつだ。

「みんな、逃げるぞ！」

俺はミクに肩を借りながらなんとか回避する。

やはりルシェは無茶苦茶だ。

「ズドドドドドドゥウーン」

豪音とフロア全体を焦がすのでは無いかと思われるような熱量を発しながら巨大な火の玉が次々に落下を繰り返していく。

どうにか回避した俺は、とんでもない熱量を前に気を失ってしまいそうになる。

だけど今気を失うわけにはいかない。

フロアを見回すと、残っているのはもう十鬼に満たない。ただ熊童子と虎熊童子はダメージは負っているようだけど健在だ。

「流石にしぶといな。虎野郎！　これ以上長引かせると海斗が地獄へ落ちてしまいそうだからな。これで終わりだ『神滅の風塵』」

ルシエの必殺のスキルが発動して虎熊童子を風の暴力が襲う。

圧倒的な風が一気に虎熊童子に向けて収束し、瞬時に虎熊童子を切り裂きその存在を消し去った。

「おい、シル、いつまでかかってるんだよ。わたしは終わったぞ」

「分かっていますよ。ルシェが終わってしまったようなのでこれ以上あなたにお付き合いする事はできないようです。熊さん、そろそろ終わりにしましょう。我が敵を穿て神槍ラジュネイト」

今度はシルが必殺の一撃を熊童子に放ち、熊童子の胴体に風穴を開ける。

「これで最後です。『神の雷撃』」

完全に動きが止まった熊童子に向けて追撃を放ち完全に消滅させた。

「ルシエ！　もう無理だ！　今日はもう無理！」

「ふふっ、じゃあまた今度じっくりな」

何を言ってるんだ。もう今回で最後だよ。じっくりなんてするわけない。

ルシエが『暴食の美姫』を解除すると、俺はもう一歩も動けなくなっていた。

あとは残りの鬼に襲われないように気配を消して隠れていよう。

後は頼んだ。俺はもう絞り取られて何も出ない。

虎熊童子と熊童子を倒したシルとルシェが残りの鬼の掃討に参加しているものの流石に二人共疲労の色が見える。

テンションの上がったベルリアとスナッチは元気そうだし鬼も残るは数体なので問題なく倒せると思う。

「あ〜、疲れたな〜。今までの戦いの中でも上位に来るぐらい厳しかったたな。これ普通のパーティじゃ無理だったんじゃ。ダンジョンに嫌われてるのかな」

「海斗、気を抜くのは早いわよ。まだ終わってないんだから」

「そうは言うけど、俺に出来ることは何もないから。今攻撃をくらったら俺死ぬよ」

「そうなったら私達が守ってあげるわよ」

「ありがとうございます。よろしくお願いします」

「何それ？」

「いや、持つべきは優しいパーティメンバーだなと思って」

ああ、やっぱり俺は恵まれているな。この追い詰められた状況でも俺の事を思いやってくれるメンバーがいるとは最高だ。

「海斗さん、逃げてください」

ヒカリンの声で顔を上げると端で休んでいた俺に向かって鬼が一体近寄って来ていた。

完全に弱った俺をしとめにきているが、足が動かない。

「こっちに来るな」

ミクがスピットファイアのトリガーを引き火球が鬼に命中する。

ダメージは与えたけどまだだ。

「ミク？」

「ごめん海斗、私もMPが切れたみたい」

嘘だろ。

スピットファイアを構えてトリガーを引いてはいるけど火球が撃ち出される様子はない。

鬼は徐々に距離を詰めてきている。

まずい、まずい、まずい。

他のメンバーは手一杯だ。もう無理なのか。

いや、まだだ。

俺に残されているのはマジックシザー。

残されたシークレットウエポンを取り出し構えるが、これで迫る鬼と戦えるとは思えない。

後は殺虫剤。流石に殺虫剤で鬼が倒せるとは思えない。至近で火をつけてファイアブレスにすればなんとかなるか？

たとえ上手くいったとしてもしとめるまでは無理だ。

武器はもうない。残る俺の装備は……。

最後の一個。

これか。これしかないか。

でもこれ鬼にも効くのか？

でも、今はこれしかない。だけど今の俺じゃ無理だ。

「ミク、これを頼む」

「海斗、これは？」

「これは最臭兵器シュールストラーダだ。今の俺じゃあそこまで届かない。ミク！　蓋を開けて鬼に向かって投げつけてくれ！」

「これ本当に大丈夫なの？」

「吹きこぼれに気をつければ大丈夫だ」

「そう……分かったわ」

ミクは俺から受け取ったシュールストラーダの缶の蓋を迷いなく開けた。よせばいいのに興味に勝てなかったのか中身を覗き見てしまっていた。

「…………っうぇっ」

「ミク息を止めて投げろ！」

ミクは涙目になりながらも前方の鬼に向かってシュールストラーダの缶を投げつけた。

射撃の腕は一級品のミクだけど、シュールストラーダを投げる腕も一級品だった。投げつけた缶はきれいな弧を描きながら鬼の顔に直撃し内容物を撒き散らかした。

その瞬間こちらにまで異臭が漂ってくる。咄嗟に鼻を腕で覆い息を止めた。

「ヴウウァァアアアア～！」

鬼からは聞いた事のない声が発せられ、その場で悶えている。

効いた～！

シュールストラーダは見事に鬼に対しても効果を発揮してくれたようだ。

時間は稼げた。

「ミク、ここからどうする?」

「うう……。スナッチ『フラッシュボム』よ」

ミクにとって最終手段ともいうべき『フラッシュボム』をスナッチに指示する。

スナッチが戦線を離脱し一目散にこちらに向かって『フラッシュボム』を発動した。

光の弾と化したスナッチがシュールストラーダで悶えていた鬼を直撃し、そのまま消滅させる事に成功した。

『フラッシュボム』はスナッチにもダメージが大きかったようで、スキルを発動後ヨロヨロとしている。

あと動けるのは俺のサーバント三体だけだけど、鬼もあと三体まで減っていた。

終戦はもう、すぐそこまで来ている。

サーバント達も最後の鬼に向けスキルを発動しついにフロアに鬼は一体もいなくなっていた。

「ご主人様、終わりました。これで全ての鬼を倒し切った様です」

シルの声と共にシルとルシェが発光し始めた。

そして俺自身の身体も幾分軽くなった感じがする。

これは同時にレベルアップしたみたいだ。

今までの分とこの百鬼を合わせたらそれはレベルアップもするだろう。

それにしてもよく百体もさばけたな。

俺のステータスを確認すると、いくつかの変化が見て取れた。

高木　海斗

ジョブ　アサシン

ＬＶ　21↓22

ＨＰ　79↓31／83

ＭＰ　50↓23／54
ＢＰ　81↓86
スキル
スライムスレイヤー
ゴブリンスレイヤー（微）
鬼殺し　ＮＥＷ
神の祝福
ウォーターボール
苦痛耐性（微）↓苦痛耐性（弱）

ステータスがそれぞれ上昇しＢＰが85を超えた。

そして特筆するべき変化が二つあった。

一つは、苦痛耐性（微）が苦痛耐性（弱）へと昇華した。

愚者の一撃を頻繁に使用した事や、不味いマジックポーションを飲み干したりした事で苦痛に対する耐性が上がったのかもしれない。

今までの苦痛耐性（微）は実感もなかったし、役に立たなかったけど苦痛耐性（弱）には目に見える効果を発揮してもらいたいものだ。

　そしてもう一つはスキルが増えた。

　鬼殺し……　鬼の首を刈り続けた者に顕現する。鬼との戦闘時全ステータス三十パーセントアップ。

　これも鬼の首をマシーンと化して刈り続けた成果か。全ステータス三十パーセントアップはかなり大きい。

　スライムスレイヤーの全五十パーセントアップと比べると少し落ちるけど納得の効果だ。出来る事なら、ボス部屋に入る前に発現してくれていればもう少し楽が出来たのに。

　それにしてもカタカナと漢字のスキルは何が違うのか未だに分からない。

　次にルシエだ。レベル5になりステータスが伸びている。ＭＰとＢＰが２００オーバーとなり、人では到達出来ない域に近づいている気がする。

　レベルアップによる見た目の変化は正直よく分からない。もしかしたら月齢で数ヶ月分くらいは成長しているのかもしれないけど身長が一センチぐらい伸びた程度か？

種別　子爵級悪魔
NAME　ルシェリア
LV5
HP　106→120
MP　180→200
BP　185→201
スキル
破滅の獄炎
侵食の息吹
暴食の美姫
黒翼の風
炎撃の流星陣　NEW
装備　魔杖　トルギル　魔装　アゼドム

そしてルシェにも新しいスキルが発現している。

『炎撃の流星陣』だ。ルシェが大きくなった状態で使っていたのが『爆滅の流星雨』。

よく似た名前のスキルだ。

炎撃の流星陣……炎の塊を天より降らし、周囲の敵を殲滅する。

スキルの効果も『爆滅の流星雨』によく似ている。おそらくは下位スキルなのでは無いだろうか？

威力か範囲もしくはその両方が『爆滅の流星雨』を下回るスキルなのだろう。ただ下位スキルとは言っても上位スキルがあの威力だ。期待できる。それに範囲攻撃を取得したという点でもかなり大きい。

今後の戦いで間違いなく役に立ってくれるだろう。

最後にシルだ。ＨＰが２００に到達し、なんとＢＰは２６０へと上昇している。

この数字はおそらく俺の探索者としての最終到達点を超えてしまっていると思う。

神に並ぼうと考えた俺が愚かなのかもしれないけど、ここまで数字の差を見せられてしまうともう清々しいとしか思えない。

流石はシルだ。

種別　ヴァルキリー
NAME　シルフィー
Lv5
HP　181↓200
MP　130↓145
BP　239↓260
スキル
神の雷撃
鉄壁(てっぺき)の乙女(おとめ)
戦乙女の歌
エデンズゲート
祈(いの)りの神撃　NEW
装備　神槍　ラジュネイト　神鎧　レギネス

どうやらシルにも新しいスキルが発現したみたいだ。
『祈りの神撃』。一体どんなスキルなんだ？

エピローグ

「ダンジョンの外には出られないから難しいかもな。春香がダンジョンに入るには探索者になるしかないし」

「そうだよね。私には無理かなぁ」

春香の表情が曇る。

やってしまった。完全に俺の配慮が足りなかった。

「春香！　無理するようなことじゃないから」

「でもこの三人を思いっきり写真に収めるのも夢みたいな話だよね」

「まあ、ミクとヒカリンに頼んで一杯送ってもらうのがいいと思うよ」

「海斗も送ってくれると嬉しいな」

「わかったっていいたいところだけど。う〜ん、あの三人の写真か〜。まずルシェは無理じゃないかな〜。他の二人は大丈夫だと思うけど二人だけ撮ってるとルシェが拗ねる」

「ふふっ、ルシェちゃんは本当の妹みたいだね」

よかった。笑ってくれた。

「まあそうなんだけど、妹にしては手がかかりすぎる」

「そっか～シルちゃんの写真がもっといろいろ欲しかったな～」

「まあ気持ちは分かる。シルはルシェと違って天使、いや女神だからな。心のオアシスだよ」

「そうなんだよね、女神様なんだよね。こんなに可愛らしいのに神様なんて信じられないよ」

「まあルシェも一応姫らしいけどな」

「それも納得だよ。ルシェちゃんも写真からでも気品が感じられるし」

「気品ね～食い気は感じられるけど」

本当はこうして春香とダンジョンの話をするのは良くないんじゃないかと不安になる。

たぶん、本当の意味で乗り越えることなんかできないのかもしれない。

だけど、春香にはずっと笑顔でいてほしい。

きっとダンジョンのどこかに……。

「海斗がダンジョンに潜るのは何も言えないけど、絶対に危ないことしちゃだめだからね」

「大丈夫だって」

「何があっても絶対戻って来るんだよ。じゃないと……」

「わかってるって。サーバントが三人もいるんだぞ。神様がいて何かあるわけないだろ」

「うん」

春香の気持ちは痛いほどにわかる。

身近な人間が戻ってこない。

あの日の春香の涙はいまだに脳裏に焼き付いている。

あの時俺は何もできなかった。

声をかける事さえも。

あんな思いはもう二度とさせたくない。

俺の英雄。葛城隊長。

俺のヒーロー。葛城春香。

二人への憧れが俺のオリジン。

新たにヒカリンとの約束もできた。

だからこそ俺はもっと先へ。

絶対に到達したい場所があるから。

あとがき

読者のみなさん、モブから始まる探索英雄譚8いかがだったでしょうか？

今までに無く本格バトルファンタジーのようなストーリーでしたが、あいりさんのキャラ変にビックリですね。

これも一種のギャップ萌えというやつかもしれません。

国民的アニメへ多大なるオマージュを捧げつつモブからワールド全開でしたが、赤いブーメランパンツがドロップしなくて本当によかった。

もしドロップしていたら海斗かベルリアの装備に加わっていた事でしょう。

そして！　もうご存知かもしれませんが、なんとモブから始まる探索英雄譚がアニメ化企画進行中です！

TVアニメ『モブから始まる探索英雄譚』信じられないような話ですね。正直作者も信じられませんが、驚く事に夢じゃないんです！

今から画面の中で探索する海斗やシル、ルシェが待ち遠しいです。

海斗がアニメの中でちゃんと活躍してくれるのか？　なんかやらかしちゃうんじゃないかと心配になりますが、きっとシルやルシェが助けてくれるはず。

いや、ルシェは足を引っ張るだけかも……。

考えるだけでも今からワクワクしてしまい、作者の頭の中の70パーセントくらいはアニメの事でいっぱいです。

これもひとえにこの本を手に取ってくれているレアな読者さん達のおかげです。

本当にありがとうございます。

以前からお伝えしているように、このモブからの世界は等身大ファンタジー。

主人公は読者のみなさんです。

今度は、動くアニメーションとして、このモブからの世界をより皆さんの近くへお届けする事ができるようになったことが本当にうれしいです。

きっとアニメの世界の海斗も殺虫剤を手にスライム狩りをライフワークにしています。

テレビやスマホの中で活躍する海斗達に成り変わり、みなさんがスライムを倒してください。

海斗達と一緒に十七歳の全力ファンタジーを体感してください！

それではまたみなさんと9巻そしてアニメでお会いできる事を楽しみにしています。

HJ文庫 https://firecross.jp/
1140

モブから始まる探索英雄譚8

2024年2月1日　初版発行

著者――海翔

発行者―松下大介
発行所―株式会社ホビージャパン

〒151-0053
東京都渋谷区代々木2-15-8
電話　03(5304)7604（編集）
　　　03(5304)9112（営業）

印刷所――大日本印刷株式会社
装丁――BELL'S GRAPHICS／株式会社エストール

Printed in Japan
ISBN978-4-7986-3405-0　C0193

ファンレター、作品のご感想お待ちしております

〒151－0053　東京都渋谷区代々木2－15－8
(株)ホビージャパン HJ文庫編集部 気付
海翔 先生／あるみっく 先生

アンケートはWeb上にて受け付けております

https://questant.jp/q/hjbunko

- 一部対応していない端末があります。
- サイトへのアクセスにかかる通信費はご負担ください。
- 中学生以下の方は、保護者の了承を得てからご回答ください。
- ご回答頂けた方の中から抽選で毎月10名様に、HJ文庫オリジナルグッズをお贈りいたします。